ハヤカワ文庫JA

〈JA1055〉

バレエ・メカニック

津原泰水

早川書房

6963

目次

バレエ・メカニック

第一章　バレエ・メカニック

年齢不詳の美人妻を療養所に閉じ込め、若い愛人たちのアパートを転々としている。君を摑まえたければ携帯電話を鳴らし続けるほかないが、気の乗らない呼出しに君が応じるはずもない。そのくせ所持金が乏しくなると画廊か出版社の重役を呼びつけては強請《たか》る。商談は退屈だ。話がそちらに向かいそうになると女性か少年を席に呼ばせ、その肩を抱いて場を逃げ出す。先生は燃費のわるいクラシックカーのようです、などと背後から嫌味を云われもする。高く売れ。そう君は頭の中で云い返す。君は作品の値上がりを拒否しない。数量限定のミニチュア制作にも協力的だ。それらを利用して大金を稼ぐことが彼らの職務で、君の職務は天才であり続けること。

「解るか？」背中の枕を直しながら君は少年に問う。赤坂のホテルに画廊名義でチェックインし、スカイラウンジで飲みなおしてから部屋でシャワーを浴びた。ルームサーヴィスにスコッチの罎《びん》と大量の珈琲《コーヒー》を運ばせ、意識には酩酊、指先には正確を保つよう交互に飲みながらスケッチブックに木炭を走らせている。

「あんまし難しいことは」少年は女の声色を真似て答える。全裸のまま銀色の電気ポットで湯を沸かそうとしている。

「仕事のとき以外もそういう喋りか。名前をまだ聞いてない」

「忘れた？　バブル」

「聞いたな。それが記号じゃなくて名前だと云い張るならそれもいい。そう覚えるよ」

君はべつにバブルでもよかったのだが、相手は機嫌を損ねたと感じたらしい。近づいてきて君の無精髯《ぶしょうひげ》を撫でながら、ウェブ上ではトキオで通していると教える。

「そのほうが名前らしくていい、名前は大切だよ」と君は誉める。「東京に掛けてあるのか」

少年はやたらと可笑しげに、「時を生きると書いたりしてるけど、そっちでもいいや」

年増であれ少年であれ、綺麗なのを、と念押しするようにしている。希望はいつも叶わない。今宵は特に程遠い。しきりにフェルナン・レジェの画風が脳裡をよぎる。君は鈑金《ばんきん》屋の長男として育った。父親が若いころ画家になりたかったらしく家には古い画集が何冊かあった。とりわけマニエリスムの代表作を集めた一冊は、思春期前半の君の恰好の精力剤だった。君の最初の愛人はブロンズィーノの筆下に生じたヴィーナスとキューピッドだ。

かのメディチ家のお抱え画家による寓意画の主役たちは意図的に歪められたデッサンによって、ヴィーナスとキューピッドの二人にも、年増女の全身と、その乳房を愛撫している顔を隠した若い女と、二者の睦《むつ》み合いに割り込んで年増に接吻している少年の顔にも、また一枚の翼と二つの頭部と三本の腕と四本の脚を有するひとつながりの奇怪な肉体にも見える。情欲の迸《ほとばし》りから遠いところで孤独な呟きに耳を寄せ続けてくれた辛抱強い恋人は、エル・グレコによる、朱のマントを纏《まと》った、悔悛《かいしゅん》するマグダラのマリアだ。彼女の痩せた物憂げな顔、ひっそりとまるまった耳、至上の手話ともいうべきしなやかな両手ならば、今も（たぶん今でも）君はお手本なしで正確に模写できる。彼女の左の指先が触れんとしている黄色い髑髏《どくろ》は、四百年前の鬼才に予見された君の頭蓋《とうがい》だ。同時に君の眼球でペニスの鈴口《すずぐち》だ。君は好色だ。子供の頃から自分でも呆れ返るほど好色だった。さすがにキュビスム以降の恋人は稀《まれ》ながら、かろうじて具体的な肉体を想起させるレジェの人形めいた女ならなんとかなりそうな予感があった。実際に折り合いがついたためしはない。勃起が持続しない。トキオの顔立ちには古傷を刺戟するようななにかがあると最初から感じていた。さっき浴室でレジェだと気付いた。三人の女を配したシリーズのいずれかの、奥に裸で横たわっている女の顔が思いつくかぎりでは最も近い。まん円《まる》い顔に猫科じみた太い鼻梁、くっきりした人中《じんちゅう》、小さな口、いつも閉じかけているように見える瞼《まぶた》、トキオの顔はそのすべてを備えていた。アール銀座の似島《にのしま》専務は、可愛いでしょう、を連発していた。彼も男の趣味があるから少年を頼みやすい。だが君の目にはレジェの絵だ。さいわいその頸《くび》から下にレジェ好みの単調な重量感は見られない。過激な減量によってだろう（料亭では刺身の一切れも口にしなかった）、薄い皮膚、平たい胴体、枯れ枝のような手足を獲得して、細身のドルチェ&ガッバーナを引き立たせる絶好のハンガーたりえている。素裸になると妙に性器が大きく見えた。性器の大きさはともかく、骨格構造が明瞭なのは嬉しい。スケッチブックを見つめすぎてピントの合いにくくなった眼で君は少年の骨を透視する。本人はただ手首を前後させているつもりでも、肩胛骨肩峰《けんぽう》の下では上腕骨の大結節が複雑に廻っている。まして戯れの最中には大脳皮質の気紛れに応じて全身の到る処に滅茶苦茶な廻転が生じる。そんな酷使に何十年も耐えられるメカニズムやパーツなど、君には（君にさえ）とうてい作りえない、と当然のことを思いつき、それから冷静に苦笑する。しかし自然物を到達しえない究竟《くっきょう》と目すること自体は、どんな芸術家にとっても間違いではありえまい、その作風がいかに無骨で直線的であれ、その姿勢がいかに下劣で欲まみれであれ。

トキオの銀色のリュックサックからは案の定、粉末プロテインの小袋とポリプロピレンの容器が出てきた。粉末を入れ沸ききっていない湯を注《そそ》ぎ蓋をして揺する。リュックからはさらに無数の小罎が出てくる。カウンターに広げたティッシュペーパーの上にたちまちヴィタミン剤とミネラル剤の小山ができる。

「旨《うま》い精液の材料か」

　少年は微笑し、掌《てのひら》に盛った錠剤をプロテイン液で飲みくだす。液体に粘りがあるらしく量のわりにしきりに喉仏《のどぼとけ》が上下する。その動きに君は欲情する。

「来いよ」

「歯磨きしてくる」

「気にしないから来い」

「下の準備だけ」リュックサックから今度は鶩《あひる》の玩具を模した潤滑ローションの容器が出てきた。彼は粘液を取った手を股に入れ、肛門になすり込みながらよちよちと歩いてきた。

君の手許を覗いて、「なに描いてるの。僕？」

「似てるだろう」君はスケッチブックを傾けてアブストラクトを見せる。

「やだ」

「仕事だよ」

「先生って呼ばれてた。画家なの」

　君は答えない。

「こっちも仕事しててていい？」

「描いてるとき手に触るな。それから勝手に咥《くわ》えるな」

「分かった」トキオは君の両脚を開かせて自分の居場所をつくる。すでに浴室で互いをまさぐり合っているからか、もどかしい躊躇《ちゅうちょ》はない。バスローブを割り性器に息を吐き、温かい舌先で鼠径《そけい》から下腹へ這《は》い上がる。君は他人の軀《からだ》が愛撫されているさまを眺めるように（娼婦を二人呼んでどちらにも触れず、互いを可愛がらせておくときのように）醒めた頭で少年の奮闘ぶりを観賞する。五分ばかりして、ようやく征服欲と服従欲が交互にフラッシュする例の愉快な感覚が、尾骨か肛門括約筋か陰嚢の表皮か、とにかくその辺りに漲《みなぎ》ってきた。片足で少年の膝を割り、趾《ゆび》で冷たい睾丸を前後になぶる。充血した陽物を下から挟む。トキオはこれまで発したことのない太い咽声《のどごえ》をあげて君の突端を呑み込もうとする。君は画帳と木炭を床に放って相手の髪を摑み上げ、唇に涎《よだれ》のしずくを溜めた顔に、まだだ、と囁く。

「替われ」と命じて彼を枕に凭《もた》れさせる。君は奴隷のように跪《ひざまず》いて葉巻形に充血した器官をしゃぶりはじめる。トキオの両手が君の髪や耳をまさぐる。先生、先生、と呻いている。彼は君の名前を知らない。画廊の連中は彼らの前でそれを口にしない。君はカウパー腺液の苦みと込みあげてくる嘔吐感に涙ぐむ。だらだらと涎をこぼしながら仮性包茎の先端を食道の入口にまで進め、自虐の愉悦に総毛立つ。若い弾力に満ちた肛門に中指を挿れて前立腺に圧迫を加える。程なくトキオの分身は君の咽の中でさらに五割も膨らみ、思いがけない量の精水を噴出した。吸い上げた粘液の半分を嚥下《えんか》し半分は舌の下方に溜めたまま、彼の肛門に、今度は男根の先をあてがう。

「待って。すこし待って」とトキオは半泣きで懇願するが君は構わず侵入させる。とつぜん室内にオーディオ用品売場の試聴室のような大音量で、モーツァルトのピアノソナタが響きはじめる。君は驚いて唇を開き少年の顔に彼自身の精液をまき散らす。過剰な昂奮と異常音とが少年を一時的な狂気に導いて、彼は頭を左右に振りながら君の胸に熱い小便を吹き上げる。ソナタはドップラー効果よろしく数度にわたりピッチを落していき、最後には幼児がレコード盤に指を置いたようにぐにゃりと降下し、消えた。君は少年の小便に身を濡らしたまま部屋を歩きまわり、天井や壁を観察して今の音量に相応《ふさわ》しいスピーカーを探す。天井に二箇所、有線放送のスピーカー孔がある。それだけだ。ドアにはオートロックのほかにシリンダー錠も掛けてある。窓の外を宣伝車のたぐいが通りかかったとも考えられない。なにしろ地上三十三階だ。だいいち外からの音ではない。頭蓋に直接響いてくるような、ヘッドフォンででも聴いているような、妙に距離感のない――。

「何が起きた」君は気を失ったようになっている少年の傍らに腰掛け、白濁液まみれの頰を撫でて問う。彼に判る訳がない。しかし他に問いかける相手がいない。

瞼が開いた。黒目は覗いていない。彼は云う。「五番めは？」

君は得体のしれない激情にかられ、その顔を何度も殴りつけた。

翌日は独り、ホテルから一歩も出ることなくスケッチを重ねていた。スコッチと珈琲がなくなるごとのルームサーヴィスへの電話が、君がゆいいつ他人へと発した声だ。四度めの電話では向こうから、スコッチでございますか、と訊いてきた。君はすでに部屋が薄暗くなっていることに気付く。空腹にも気付く。レストランは何階かと訊ねる。二階のテラスに面したベトナム食レストランには、なぜかアイネ・クライネ・ナハトムジークが耳につく音量で流れている。君は昨夜のピアノソナタを思い出し異常なことが起きるのではないかと警戒する。

「相済みません、有線放送が不調でチャンネルも音量も変わらないんです。いま電源ごと切ろうとしていますので」君をテーブルに案内したアオザイ姿の女店員が謝罪する。店員の翡翠色のサテン地に刺繍された鋭角的な花を見つめながらそれを聞き届け、指でメニューを示した。昨夜のあれも有線放送の異常だろうか。君は333ビール《バーバーバー》と一緒に雛鶏《ひなどり》のソテーやフォーを胃に流し込む。窓辺の花瓶に挿された赤紫の蓮の花は本物だろうか。君は腰を上げてはなびらに触れる。造花だった。テラス席に奇妙な組合せの男女が案内されてくる。男は中年で暑苦しいダブルのブレザー姿、女はずっと若く、紫色のTシャツに裾を切り落したジーンズにぶかぶかの靴下にスニーカーという出立ち。妙にはきはきした会話の断片が、響き続けるモーツァルトをかいくぐって耳に飛び込んでくる。出された水が清まっていないだの大丈夫だのと云い合っている。なんらかの宗教を介しての交流らしい。……図書館にたくさんの神様が……札幌にいる頃、雪のなかで……駄目だよ、神様が見てる……七本も！　君が店を出るまでモーツァルトは流れ続けた。部屋に戻ると昨夜からの疲れが一気に押し寄せ、君はベッドに倒れこむ。翌昼、フロントからの再三の電話に促されて君はようやくチェックアウトする。ホテルの外は奇妙に肌寒い。八月の東京とは思えない。君は鞄を肩に掛け両腕をかかえ合って、数日前打合せをおこなった出版社まで歩く。は警備員に名前を告げ、駐車場から置きっぱなしにしてあったプジョーのクーペを出す。はずれを摑んだらしく幾度となく故障に見舞われてきたこの赤い自動車を、それでも君は気に入っている。レカロの革シートとフロントグラスの向こうに広がるボンネットの色が容易に非日常へ導いてくれるというのがその主な理由だ。三島由紀夫はジャン・コクトオを皮肉まじりに「軽金属の天使」と呼んだ。君は思う。この言葉には天才なる存在への明察が凝縮されている。天才であり続けることは翔び続けることと等価だ。軽金属製であるコクトオは翔びやすかったし耐久性もあった。しかしラディゲは重かった。高く翔んで、墜ちて死んだ。職業的に翔び続けるには、自分の重みを冷静に忘れているほかない。狂気とうまく付き合うことだ――なるべく薬物抜きで。工房に籠る前に四谷に寄っておこうかというアイデアが君の頭を掠《かす》めたが、まとまりつつある構想がまたとり散らかってしまうかもしれないという懸念も生じた。君は新しいアイデアを振り払う。年々病院から足が遠のきがちになっているのを内心では自責している。しかし君が綱渡りを続けていないかぎり（次々と錬金術を更新していないかぎり）彼女の世界は消え失せてしまう。彼女には維持費がかかる。消防自動車の行列に二度遭遇した。ビル火災でもあったらしい。新宿から高速道路に乗る。ある程度の混雑は覚悟していたものの、大事故でもあったのか待っていたのは高井戸で中央道に乗り換えるまでに三時間かかるという稀なる大渋滞だった。いつ終わるともしれない。日が暮れてきた。渋滞の長さが処理能力を超過したらしく電光掲示板はランダムに点滅している。なんの文字も記号も現れない。呼応するように目の高さに連なった大小のテールランプが無暗《むやみ》に明滅して眠気を誘う。君はラジオの渋滞情報を聞こうとするが、近くに強い磁場でもあるのか、あるいは新手のカルト集団が珍妙な実験でもやっているのか、聴き取れるチャンネルが殆どない。例外的に明瞭だったのはＮＨＫ‐ＦＭだが、流れてきたのはまたしてもモーツァルト。交響曲二十五番。珍しく短調なのですぐに判る。好きな曲ではないがどんな音楽でもないよりはましと感じる心境だったから、そのまま流しておいた。二十五番が終わると続けざまに二十六番が始まった。四十一番まで続けるつもりか。君は独り言《ひとりごと》つ。調布でさっさと下りて甲州街道を行こうと決めていた。ところがインターチェンジの分岐が見えてきたところで行列は本当にぴたりと止まってしまい、交響曲の楽章が変わろうとも変わろうとも十センチたりとも前進しなくなった。さすがの君にとってもちょっとした特異体験だ。高速道路上の見渡すかぎりが何十分ものあいだ完全な静止を保っている。聖地に向かって礼拝しているような気がしはじめた。何時間にもわたって君に尻を向け続けてきた銀のクラウンの運転者がついに痺れをきらし（あるいは尿意に耐えかねて）ドアを開けた。その瞬間、クラウンは側面から押し寄せてきた青黒い大波を浴びて激しく上下し、運転者は渦巻く泡のなかに放り出されて水平廻転した。

しかし妙技をじっくりと鑑賞している余裕はなかった。波は同時に君のプジョーにも激しく体当りし、軽々と地面から持ち上げて横転させていたからだ、海もないのに。

蜂の巣をつついたような騒ぎのなかでズボンのポケットに入れてあった携帯電話まで鳴りはじめた。ディスプレイは見慣れた番号を示している。

「木根原《きねはら》さん？　やっと通じた」龍神《りゅうじん》（私）だ。白衣を纏っているあいだは感情を露わにしない人物だが、珍しく口調が昂《たかぶ》っている。「いまどちらに」

「調布インターチェンジの手前だ」

「ご無事でなにより」

君は周囲を見回す。あらゆる運転者と同乗者が外に出てきて空を見上げ、互いに問い掛け、電話し、あるいは防音壁によじ登って、さっきは何が起きたのか（一瞬でかつ桁外れの豪雨か、いずこかの貯水タンクが破裂したのか、空からの放水か）を知ろうとしたり、車体や積み荷の無事を確かめたりしている。焦って急発進して前に追突したりされたりした不幸な車も多くあちこちで口論が起きているが、惨事というほどのさまは見られない。

「どこにいる。ここを瞰下《みお》ろせる場所か」

「いいえ、病院の庭です」

「なにか起きたのか。理沙《りさ》はどうしてる」君は眼前の光景から、いま東京が見舞われている事態を推《お》し量《はか》ろうとしている。突然の開戦と空爆、大規模なテロル、遠からぬ原発の暴走……いずれも否定はしえない。そしていずれにも現実味が薄い。なにが……と疑問を投げかけている叫びは無数だが、答える声は未だ耳にしていない。

「理沙ちゃんは穏やかに眠っていますよ。常時確認しています」医師は言葉につまり、ち、と舌を鳴らす。「ただ説明しにくいんですが、昨夜から彼女の部屋の手前に、空き地が」

「どういうことだろう」

「言葉どおりとしか申し上げられませんね。彼女の部屋のドアを開けると我々はいったん屋外に出てしまいます。住宅地にぽつんとあるような、塀や家の壁に囲まれ雑草に被《おお》われた、みょうにだだっ広い感じのする空き地ですが、実際に歩くとたいした距離はありません。そこを横切っていき正面の家の大きなドアを開けると、彼女の部屋に入れます」

「部屋の様子は？」

「室内に異状はなく、窓からの景色にも変化はありません」

「君が書いている小説の話か」

「現実を語っています。今はどの職員もそのプロセスを経て彼女の部屋に入ります。ただし退出のとき空き地は通りません。ドアを開ければそのまま廊下に出られます」

「これは実務的な会話だね？」

「実務的で客観的な報告です」

君は乾いた路面を見つめる。海のない調布を襲った荒波は、瞬時に消散して痕跡をいっさい残さなかった。プジョーは横転してなどいなかった。なにも起きていなかったのだ。

「その空き地で草花や石を採取して廊下に引き返したらどうなる？　途端に手の中から消えてしまうのか」

「なるべく珍しいのを拾ったつもりだったんですが、よく見たら硝子《ガラス》片でした。ずっとポケットに」手とは反対側のポケットでもまさぐっているのか、んふ、んふ、と女のような声を出す。「まだ消えていません。廊下の側からドアを開いて、そのままにしておいたらどうなるかも試しました」

「蝶でも入ってきたか」

「いえ、蜻蛉《とんぼ》が一匹。銀ヤンマのようでした。捕獲には失敗しました」

「好奇心を満たすためだけにでも、今すぐ飛んで行くべきだな」

「同感です」

「ただ生憎《あいにく》と経験したこともない大渋滞でね、しばらく下りられそうもない」

「あちこちでひどく渋滞しているようです。今朝から地下鉄が停まってるんですよ」

「そうだったか」

「電話もひどく通じにくいんですが、地下鉄の不通と関係してるんでしょうか」

「俺に訊くなよ」

そのとき君の側にも小さな奇蹟が訪れた。料金所への出口の端を塞ぎ続けてきた頑迷なメルセデスに対し、背後の十トン級のトラックが半狂乱の実力行使に出た。追突を繰り返しはじめたのだ。路上の多くが恐怖して現場から遠ざかったが、次の展開を予見して車に乗り込む者の姿もあった。

「道が開く」君はプジョーに乗り込んだ。「そちらに向かう」

トラックはメルセデスとの間に火花を散らしながら路側《ろそく》の緑地を越え坂道を下っていった。後ろの車も追従した。君はプジョーを細かく前後させてその鼻先を隣の車線に向け、強引にアクセルを踏み込んだ。長らく窓越しに静止した景色ばかり見ていたせいだろうか、料金所へのスロープを下っていると、飛び去っていく灯火がみなヴィデオ映像のように感じられてきた。フロントグラス上とドアグラス上に巧みに連動した別々の映像がうつしだされている。しかし君の鋭敏な動体視力はその微妙なずれを察知している。まるでなにかの治療を受けているようだ。君は軀にぴったり合った椅子に坐らされ金属の蓋に被われている。前方にも側面にも、ただハンドルの動きに呼応して変化する映像が存在するのみ。君は踏み応えを求めてアクセルに力を込めるが、ペダルの向こうに、隙間を闇に満たされた複雑な機関の蠢《うごめ》きを察するに終わる。シートの下も闇。蓋の上も闇。映像の裏側も闇。映像が乱れる。

「車、どうなってましたか」

「前半分は完全にガードレールと一体化してましたね」

「残念だな。気に入っていたのに」

「色不異空《しきふいくう》、空不異色《くうふいしき》、色即是空《しきそくぜくう》、空即是色《くうそくぜしき》。命を取りも取られもしなかったことを感謝しましょう。その程度で済んで運が良かった。明日現場検証に来られますか。できたら午前十時から」

「病院を出られるかな」

「もう退院していいそうです」

君は目を開ける。説教じみたことを云われるのが厭《いや》で茫然自失のていを演じていた。君は警官の横に立っているセイウチに似た顔つきの医師に視線を移す。「いいんですか」

「動いて痛まないようならどうぞ」

「痛まないわけないでしょう。でも我慢できそうだ」

調布の古ぼけた病院で君にあてがわれたベッドは六人部屋の真ん中だった。人の出入りが激しいうえに、部屋に染みついている臭気なのか他の患者の体臭なのか厭なにおいがたちこめていて、意識を恢復《かいふく》してから一睡もできていない。部屋替えの希望は聞き入れられなかった。早く帰りたい。仕事も待っている。医師が看護師に松葉杖を運んでくるよう指示する。君が自動車をスクラップにしたのはこれが初めてではない。前回は車にエアバッグがなくシートベルトもしていなかったので、顔面をハンドルにぶつけて鼻骨を折った。

あの理不尽なまでの痛みを思えば今回は痛みのうちにも入らない。右手首を捻挫《ねんざ》していた。左足は靴の中で複雑骨折していた。しかしあとは擦り傷だった。脳波も調べられたが異常は発見されなかった。看護師たちが何種類もの松葉杖を運んできた。医師が説明を始める。

「一口に松葉杖といってもグレードがありまして、むろん高い物はいい、安物はそれなりです」

高いのを売りつけようとしているらしいと察しながら、君はうすのろを演じる。「どこがどう違うんだろう」

「おもに脇パッドの当り具合です。安物だとすぐに痛くなる。レンタルできるのはそのグレードです。より高級な物になると握りの高さも調整できていっそう楽です。あとは見た目の好みですな」

「もちろん痛くないのがいいです。それにしても右手が捻挫で左手には松葉杖じゃあ、仕事にも日常生活にもずいぶん差し支えそうだ」

「松葉杖は両側です。二本で一組です」

「右は元気なんだから左だけで大丈夫でしょう」

「それは勘違いです。試してみられるといい。まず歩けないから」

「でも右手は捻挫している」

「それが治ってから松葉杖で歩いてください」

「治るまでは？」

「ベッドでおとなしくしてるんですな」

「仕事がある。地下鉄の駅を飾るんです」

「そうそう、患部は足首なのだから両手が自由になるタイプも装着できます。ただしこれは値が張る。カナダ製です。値段は国産の高級松葉杖の七、八倍といったところで」

「それがいい。それを。請求はアール銀座へ」

「ああ、申し上げにくいんですが木根原さん、けさ個室への移動をご希望になった際、いちおうその会社に確認をとらせていただきまして」医師は白衣からメモ書きを取り出す。「伝言どおりにお伝えします。木根原氏へのご接待やその前後のご宿泊は必要経費として計上できますが、弊社《へいしゃ》と無関係な事故の治療費については負担する理由が見当りません。悪しからず。専務の似島さんという方です」

君は吐息する。「とにかくその両手を使える杖を。じゃないと家の中も移動できない。そしてすぐさま退院します」

「お送りしますか」警官が帽子を被りながら問う。

君は頷く。「お願いします」

警官はがっかりしたようにまた帽子を取る。君は患者衣から自分の衣服に着替え（足のギプスがズボンの細い裾を通らず、仕方なく縦に切り裂いた）左脚にカナダ製の松葉杖を装着して、医師から歩き方のレクチュアを受ける。君の新しいアルミニウム合金の左脚は、竹馬を短くしてその足乗せを引き延ばしたような恰好をしている。膝を折って臑《すね》を乗せ、腿の付け根と膝上と脹脛《ふくらはぎ》とで固定する仕組だ。たどたどしく歩けるようになったところでレクチュアを切り上げてもらい、退院手続きをとる。病院の前から龍神に電話をしてみたが繋がらなかった。代表電話にも架けてみたがやはり繋がらない。通じにくいと龍神が云っていたことを思い出し、明日現場検証のあとで四谷まで足を延ばそうと決める。パトカーの助手席に乗り込んで、君はようやく帰途についた。高速を下りかけてから三十時間、調布市で足止めを食っていた計算だ。車にはしきりに無線連絡が入った。聴き取れる単語もあるがふしぎと内容は頭に入ってこない。

「騒々しいね」と警官に話しかける。

「火星人が現れたそうです」と彼が真顔で云い、君は乾いた笑いを洩《も》らす。警官は奇妙に若々しい横顔をしている。まるで学生だ。面白がって見つめているとちらりと振り向き、なにか、と訊いてきた。君は気まずくなってフロントグラスに視線を移す。事故を起こしたときと同じ錯覚に陥りそうな気がしはじめ、目を閉じる。そのうち君は眠り、音だけの夢をみる。

パトカーのドアを開けると厩《うまや》の臭気が出迎えた。君は松葉杖を装着した。隣家との間は隣家所有の野菜畑が隔てているが、風向きによっては工房の中まで芳香に満ちる。住人はかつて輓曳競馬《ばんえいけいば》のための馬を育て続けていた老人だが、いま同居しているのは二十五歳のペルシュロン種の牝馬一頭きりだ。馬に乗るのではなく鉄の橇《そり》から鞭打って競う、北海道独特の競馬だと聞く。町の議会が一昔前、経費のかからぬ観光政策としてタクシー代わりの馬車を駅前に待機させることを思いつき、白羽の矢に応じてこの奥多摩に移住してきたのが、隣人と彼が手許に残していたストロングゴースト号だった。君がこの地に移ってきたのはそのあとだ。人間の齢に換算すれば喜寿はゆうに経ているはずのゴーストだが観光客には今も人気で、日がな一日かたかたと町を歩きまわっている。パトカーが去る。君は荷物を肩に、おっかなびっくりの歩調であるじを失ったガレージへと入っていく。痛み止めの効力が切れてしまったらしく、病院での練習中は感じなかった鋭い痛みが、歩むごと頭にまで響いてくる。ガレージの中の勝手口は三十畳ほどの工房につながっている。いったん肩から荷物を下ろして左手で鍵を開ける。作りかけたまま放置してあるオブジェや、箱で積み上げられていたり束になって転がっていたりの素材、ボール盤や研磨機、熔接機や切断機の置かれた作業台、買ったはいいが何年も使い方が分からずにいるレーザー加工機などを避けて斜《はす》に進んでいくと、住居部へのドアがある。荷物を置き、手近な雑巾で松葉杖の足を拭って中に入る。ライトたばこの甘ったるい香り。テレビからららしい低いノイズ。君は灯りを点けずに進む――両腕をすこし広げ右足とカナダ製の松葉杖で交互に体重を支えながら。三十七型画面のあかりが部屋の輪廓を泛《うか》びあがらせている。空きチャンネルだろうか、かろうじてニュース番組を受信しているようだが画像は磁石を近づけたように歪んでいる。音声は絞られているうえ極度にひずんでいて君の耳に意味を成さない。キッチンカウンターの中から短い悲鳴があがる。ユキが飛び出してきて君の頸に両腕を絡める。「びっくりした。義足かと思うた。やっと帰ってきはった。おかえんなさい。脚、どないしはったん」

心配そうな口ぶりとはあべこべに熱烈な調子で唇を求めてくる。小娘の舌に口内をなぶらせながら、この薄っぺらな熱狂はなんだろう？　と君は考える。調布の病院の固いベッドと同じくらい、アルミニウムの新しい左脚と同じくらい、この女の舌にはいつも現実味がない。

「勿体《もったい》ない」「骨折と捻挫だ。プジョーを潰したよ」

「どこから入った。いつから居る」

「昨日。ガレージの端から二階によじ登って。せんせ、まえあの上の窓がうまいこと閉まらんて云うてはったから」

天井を見上げる。「どの方角も窓の左上が空いてる。家全体が時計廻りに捻れてるんだ。どうしたもんかな」

「捻り直してもらはったら、上からヘリコプターで。中旬から準備に入るて云わはってたでしょう。電話しても繋がれへんし、いっそここで待ってようと思うて」

「病院に居た」

地下鉄南北線の一駅の、構内を飾る立体構成を依頼されている。数週都心を徘徊しながら描き溜めていたのはそのためのスケッチだ。階段脇のだだっ広い空間を君が称するところの〈粗大ごみ〉で埋めねばならない——乗降客の九割が眉をひそめ、一割が呆然と立ち尽くしてしまうような新奇な〈粗大ごみ〉で。こういう大掛かりで人手のかかる仕事の場合、美術館向けのレプリカや人気を博しそうなパーツの縮小レプリカも半ダースずつ同時に制作する。どれが人気になるかは発表前から見当がつく。コート掛けのような縦長のパーツや額縁状の壁面パーツ——蒐集家が自室の隅を埋めやすい物ほど、出来不出来に関係なく売れていく。鉄や銅やアルミニウムの塊、薄板、網、棒や針金を組み合わせ、細分された都市空間のデッドスペースを埋めるのが、天才と化して以来の君の主な仕事だ。君は自由の利く左手で女の肉体をまさぐる。ブラジャーを外させ小さな乳房を鷲摑《わしづか》みにすると、痛い痛い、と云って身をよじった。私立の美大で彫刻を学んでいると聞いている。昨年雇った学生の一人が気を利かせたつもりか、高校の後輩だから自分の代わりに使ってくれと連れてきた。みずから望んで工房を訪れる者を君は基本的に歓迎しないが、机の上で紙の虫や蜥蜴《とかげ》を作っていた頃のように一切を独りでとはいかない今、制作が佳境に入ると人手を掻き集めざるをえない。君が好んで雇うのは町工場を隠退した老人や日銭が欲しいだけの素人学生といった、美術に野心をいだかぬ者たちだ。野心家には命令が通じない。指示に従っているそぶりで、いつの間にか君の作品に自分の署名を彫り込んでいる。ユキはあきらかに野心を秘めて君の前に現れた一人だが、小賢《こざか》しげな三白眼や現代風の出立ちとはんなりした関西訛《なま》りとのギャップが面白く、無下にできなかった。やがて彼女の盗癖を発見するに至り、みずから逃げ出していくまでは傍に置いておこうという気になった。盗まれるのは作品だ。展示を終えたものの引取り先がなく工房の隅で埃《ほこり》を被っている昔の作品の、それが木だとすれば葉や実のような小さなパーツが、彼女が帰っていったあとは必ず一つだけ消えている。君にとっては〈不燃ごみ〉でしかないから惜しくはない。しかし彼女の意識においては受け取っておくべき対価なのだろう——彼女の肉体と命運が君に与える啓示や快楽の。「電気を点けなくていいのか」

「テレビだけで明るい」彼女はソファに坐りこんで膝をかかえた。君はカウンターの下の暗闇を手探って、半分残っているはずのスコッチの罎を探しはじめる。

「いったい何チャンネルを見てるんだ。腹は減ってないか」

答えない。なにが面白いのか頭も動かさず、不規則なメタモルフォーゼを続けるアナウンサーやテロップに見入っている。画面とそのあかりで輝くユキの横顔から、君はフェルナン・レジェの前衛フィルムを連想する。バレエ・メカニック。万華鏡じかけのキキの顔。律動と形状のアナロジー。やがて君はスコッチを発見し、カウンターに凭れて罎から直接飲みはじめる。テレビ画面はいっそう乱れているがユキはチャンネルを変えようとしない。

似た行動をとる人間を君は幾人も見てきた。大量のドーパミンを湛えた脳神経にはある種のヴィジョンやリズムが面白くてならない。しかし会話の反応に怪しげな薬を服用している気配はなかった。生来ドーパミンが大量生成されやすい体質の者もいる。彼らはたやすく恍惚に至る。光の反射によって。誇張された造形によって。高周波や持続音によって。速度や高さによって。言葉によって。性交によって。「せめて音を消さないか。代わりに音楽をかけよう」

不意に振り返った。「五番めってなんのこと」

訊ね返すために君は、もう一度スコッチを口に含んで飲みくださねばならなかった。

「テレビがそう云ったのか」

「この女の子」ユキの長い腕がまっすぐに画面へと伸びる。しかし君の目には、めまぐるしく上下する縞模様が映るばかりだ。

徹頭徹尾、抽象的な夢をみられるのが、子供の頃の君の密かな自慢だった。暴力的な家庭に育ったからか、すこしでも具体性を伴った夢は、最後に必ず恐怖へと吸い込まれる。しかし抽象夢（それを見ている君すら存在しない〈形〉だけの夢）は君を安らかに眠らせ、目覚めさせてくれた。残念ながら〈形〉を夢想することが仕事になってしまった今は、そうもいかない。抽象夢をみながらそれに対して創意を発揮し、ときには苛立ったり怒ったりする自分が、夢の手前に存在する。君は安らげない。君は眠りを嫌悪した。すると面白いことに今度は音だけの夢をみるようになった。支離滅裂な音のコラージュ――ビートルズのレボリューション9のような、一切のヴィジョンを伴わない、闇さえもない。スコッチの罎を傍らに置き全裸のユキに軀を按摩《あんま》させているうち、瞼が落ちて無意味な音だけの世界になった。直後（直後と感じた）夢になにか〈意味〉が割り込んできた。携帯電話のシグナルだと気付いて、君は目覚める。ユキが寄り添って眠っている。その頭の下から右腕を抜き左足を床に下ろす。ギプスの中に激痛が走る。足の怪我のことを忘れていた。君は膝歩きで床に放られたズボンへと進む。窓の外はまだ薄暗い。室内はいっそう暗い。しかし奇妙な時間帯ほど君は電話のシグナルに従順だ。病院からの可能性が高い。表示されている番号は病院のものではなかった。龍神の携帯電話だった。

「やっと通じた」まえの電話と同じ第一声。

「病院にいたんだよ」

「事故？」

「プジョーが屑鉄に」

「ご無事でなにより」

「あまり無事でもない。車の残骸はどこかな。引き取れるもんならサインして作品にしよう。自宅からかい」

「病院の庭からです。帰宅できる医師はいません。交通事故が多いんです。まるで野戦病院です。理沙ちゃんはお元気で、空き地もそのままです。ただ、早急に木根原さんに会ってお話ししたいことが」

「いまいったい何時だ」

「四時過ぎです、このロレックスが狂っていないなら」

「電車が動きはじめるまでは身動きがとれない。車が無いんだ」

「待っても無駄でしょう。昨日は地下鉄のみならず、都内の電車の殆どが停まっていました。中央線からこっちは全部」

「なにがあった」

「公式には原因究明中ですがテロルじゃないかと噂されていますね。火星人襲来の噂も。一帯のハイテク機器が一斉に暴走するんです、砂嵐にでも遭ったように」

「理沙の部屋は」

「病院はまだ〈砂嵐〉に見舞われていません。彼女の部屋にかぎって御報告するならば、外の騒ぎが嘘のようです。すべてが整然とし彼女は奇蹟的なほどお元気です。脳波も我々が計測を始めて以来、最も活発です。いい兆候ですよ。彼女を囲むシステムには交代で目を光らせています。スペアがある機器についてはそれも運び込んであります」

「空き地を通ってか」

「今は誰もが空き地を通るんです。些細なことに動じてなどいられない。彼女は特別なお客さんですから簡単に死なせるわけにはいかない」

龍神が無骨な本音を口にしたことが、理沙の生命を保証しているかに君は感じる。医師の云うとおり彼女は記録を更新し続ける貴重な実験動物でもある。「車が無いうえ電車も動いてないいんじゃ行きようがない。この電話で済ますわけには？」

「私の考えていることがあるていど的を射ているとしたら、避けたほうが無難です、電話でこれ以上のことを喋るのは」

「誰かに盗聴されているとでも」

「訊ねないで。とにかく早急にお会いしたい。なんらかの手段を講じてください。私も自転車でそちらに向かいます。どこかで落ち合いましょう」

「自転車で？」

「〈砂嵐〉に巻き込まれて死ぬのは御免ですから」

「非常時なんだろう、理沙の傍を離れるな」

「崎田《さきた》くんも柏木《かしわぎ》先生もいます」熟練の看護婦と、このところ龍神の補佐役を務めている医師だ。

「木根原さんも徒歩か自転車で」

「どちらも無理だ、いま松葉杖なんだよ。だいいち何日かかると思ってる」

「じゃあ馬にでも乗って。隣に住んでるんでしょう」

「移動手段は工夫する。とにかく出掛けるよ」と君は云った。その段ではまだタクシーを使うつもりでいた。

「単純に距離で、そちらと四谷との中間はどこらへんでしょう。立川辺り？」

「その辺だろう」

「〈砂嵐〉の影響か電話がとても通じにくい。最悪の場合は立川駅……は状況が想像つかないな。昭和記念公園はどうですか。お互いゲートの職員に伝言を」

「本気で自転車を漕いでくるつもりか」

「ウェルズの宇宙戦争をお読みになったことは？」

「自転車を漕いでくるつもりかと訊いてる」

「宇宙戦争について返事してください」

「ない。内容はだいたい知っているつもりだが」

「襲来した火星人は巨大な蜘蛛のような戦車に乗っています。そういうのが頭上を通過していったとして、木根原さんはどういう感想を持たれますか」

「白昼夢」

「柏木先生の〈砂嵐〉のなかでの体験です。細長い肢《あし》を幾つも地上に伸ばした巨大な蜘蛛。貴方が理沙ちゃんの部屋に飾られている芸術の一つにそっくりだったそうです。どういうことだと思われますか。いや今は答えないで」

動悸が高まる。「柏木は肢を数えたか」

「作品と同じだったそうです。つまり蜘蛛にしては一本足りない」

ハンニバルだ。君は黙りこむ。紙吹雪のように眼前をちらついていた情報群が一つの図像を成しはじめた。君は自問する。俺は覚醒しているのか？　それともいつの時点からか長い夢幻に迷いこんだきりでいるのか？　龍神に云う。「その蜘蛛なら安心していい。きっと人畜無害だ」

「お出掛け？　制作は？」通話を切った君に、いつの間にやら身を起こしていたユキが訊ねる。

君は新しい衣服を取り出すため、箪笥ににじり寄りながら、「急用ができた。お前はここに居ていい。冷凍庫の物は自由に解凍して食べろ。酒も見つけた者勝ちだ」

「連れてって」

「駄目だ。娘に会いにいくんだ」

「娘さん、いはるの」彼女はたいそう驚いた声をだした。

「云ってなかったか。お前とそう何歳も変わらない。美人だよ」

君は灯りを点けてギプスが通るズボンを探しはじめる。しかし作業用のオーヴァオールしか見つけられない。仕方なくそれとワークシャツを身につけ松葉杖を装着し、ベッド脇の電話からタクシーを呼んだ。眩しいとユキが文句を云うのでまた灯りを消して、その性器を手荒になぶりながらタクシーの到着を待つ。女は白々しいほどの大声をあげて歓んだ。窓の外が白んでくるにつれ、戸外で、あるいは人前で女を弄《もてあそ》んでいるような気がしてきた。表で長々とクラクションが鳴った。隣家の馬が愕《おどろ》いて嘶《いなな》いた。ベッド脇の電話機が発光して、呼出し音を放つ。LEDのライムグリーンは君にプジョーの運転席を想起させた。海はどこから生じた？　事故を起こす寸前の解体感覚と、裏腹の、なにかとの一体感。君は受話器を取ってタクシーに断りを入れる。通話中、手首を湿布した右手にユキが熱い手を絡めてきた。受話器を置き女の手も振り払って、寝室を出る。キッチンで痛み止めを呑む。工房への出入口で右足にだけ靴を履いて外に出る。まだ痛み止めが効いていない脚を懸命に動かして凸凹の荒れ庭を横切っていく。生垣の間を抜けると急に臭気が強まった。厩の中でゴーストが動きまわっている音がする。君は玄関のインターフォンを押す。ドアも叩く。「馭者《ぎょしゃ》さん、隣の木根原です」

隣人は本当は佐藤《さとう》というのだが、平凡すぎるので大概は馭者さんと呼ばれる。馭者がドアを開けて禿げあがった丸い頭を覗かせる。下着に包まれた胴体もまた、頭部に負けず劣らずまるまるとしている。頭の周囲に残った灰色の髪を伸ばし放題にし鼻の下にも髭《ひげ》を盛大に生やしているので、落ち武者かヒッピーの生き残りのように見える。彼は深く首を傾げながらも君の要請に応じた。巨馬ストロングゴーストが厩から出され馬車が繋がれる。サラブレッドを馬の標準だと思ってこのゴーストを目の当りにしたら、吃驚《びっくり》仰天だ。体重一トン、巨大な頭、図太い四肢、魚雷のような胴体。並みの人間はその肩ですら見上げねばならない。馬車はワゴネットと呼ばれる小型の四輪馬車。古風なパブから持ち出したような革張りのベンチが向かい合せに作り付けられ、天井にだけ幌が掛かっている。車軸との間にサスペンションがあり車輪もタイヤを履いているので乗り心地は悪くない。ただし平均速度は自転車にも劣る。オート麦やペレット状の飼料の袋、圧縮された干し草、塩、糖蜜、そして水が大量に積み込まれた。新宿区まで直線距離でも六十キロメートル以上ある。往復といったら最終的に何日の行程になるか分からない。金さえあればなんでも手に入る東京だが馬の餌《えさ》となると話は別だ。日にどのくらい食べるのかと君が訊ねると、今は老いたから体重の一・五パーセントほどですという返事だった。一トンだから十五キログラム。人参で何本だろうと君は考える。想像がつかない。「人参は積まないの」「置いていません。人参や林檎はお客がくれるから買いませんな、私のぶんも」馭者は禿頭にテンガロン帽を載せる。

時速十キロメートル台の前半だろう、灰色の巨馬は日頃の遊覧走行と大差ないリズムでアスファルトを蹴った。君には苛立たしい速度だが下手に頑張らせて途中でへたられても困る。トンネルだらけの青梅街道をうねうねと東上するうちに諦めがつきはじめ、背後からやって来た自動車がぎょっとしたように大きく幅を空けて追い越していくさまも面白くなってきた。青梅の駅前を通過するまでに三時間を要した。馭者は片耳にラジオのイヤフォンを入れているかと君は幌の下から問う。今日は音楽ばかりだと答えた。放送は入っているかと君は幌の下から問う。駅者は振り返って、今日は音楽ばかりだと答えた。ときおり麗しいとは云いがたい臭気が前方から漂ってくる。駅者台の脇に提《さ》がっている手網のような物は馬糞受けだ。駅者にはすでにゴーストの便意がはっきりと判るらしい、彼女がふと立ち止まって排便を始めたときにはすでに網を突き出して待ち構えている。彼女の排泄ぶりも優雅なもので、尻に眼が付いているかのようにすこしも尾を汚さない。網に落ちた馬糞は、やはり駅者台から提がった麻袋で被ったポリ袋に放り込まれる。花づくりの農家が堆肥の原料として買いにくるという。ファミリーレストランで休憩と食事をとる。駐車は拒否されず、ゴーストのための盥《たらい》と水も提供された。彼女はお礼代わりに大量の小便を駐車場にぶちまけた。レストランの窓から眺める街道の景色に、これといった異変は感じられない。ただ、通過していく自動車の数がやけに少ないようではある。駅者の帆布の上着のポケットが奇妙に膨らんでいるのを何かと思っていたら、中身は、たばこの葉や玉蜀黍《とうもろこし》の芯で出来たパイプが入ったポウチだった。マッカーサーが咥えていたようなパイプだ。食後、彼がそれを吹かしながら、五番……五番……と呟いているのに君は気付いた。「駅者さん？」

「はい」と顔を上げる。べつに朦朧《もうろう》としているふうではない。

「今、五番めとか仰有《おっしゃ》っていたが」

彼は頭を傾けた。「ラジオでしつこく……や、気のせいか。なんなんでしょうな。老いてくるとおかしな独り言が増えます。頭のどこかで昔のレースでも思い出しておったかな」

サイレンを何度か耳にしたが、消防車や救急車そのものは見かけなかった。程近くまで迫ってきたかと思うと、ドップラー効果によって音程を下げ、遠ざかっていく。街道に相変わらず車は少ない。乏しいというほどではないが、普段のこの辺りの交通量はこんなものではない。そのぶん、どの車も普段より速度を上げている。自分たちを追い抜いていくエンジン音と排気のにおいが、だんだんと殺気立ってきたように感じられる。武蔵村山市に入ったところで龍神と連絡を取ろうとした。しかしコールしたかと思うとすぐに切れてしまう。電波状況が悪いのか、それとも龍神の云う〈砂嵐〉の影響なのか。進路を南に変えて昭和記念公園の正面ゲートを目指すよう馭者に頼んだ。すると彼は馭者台から落ちるのではないかと思うほど身を大きく乗り出して、君にロードマップを見せ、園内を抜けられると楽なんですが、と云った。君は同意する。「街道よりは周りに歓迎されそうだ」

公園の裏口前に馬車が止まると、詰所から職員が飛び出してきた。君は馭者が降りようとするのを制して、車上から声をはった。「子供たちに馬車を見せるというんで奥多摩から来たんだが、龍神さんから連絡は？」

職員は頭をさげて確認に戻ろうとした。中で待たせてもらうよ、と君は叫ぶ。伸縮式の門扉が開かれ、馭者は馬車を公園に入れた。職員は一分ほどでまた出てきた。「管理センターのほうに問い合わせましたが、本日は馬車を使った催《もよお》しの予定も、それから龍神という方からのご連絡もないそうです。どちらの団体の方でしょう」

「さあ。俺たちは呼ばれただけだから。その辺にいるから連絡があったら呼びにきて」

返答に窮している職員を尻目に、君は馭者に馬車を進めさせる。公園の空は鉛色にどんよりとし、触れられそうに低い。そんな空模様のせいか園内に人影は少なく、たまに人が屯《たむろ》しているさまもあまり幸福そうに見えない。誰も彼もが老いるのを待ち侘びているようだ。赤いワンピースを着た幼女が、手を振りながら追いかけてきた。馭者は速度を緩めない。翳りぎみの芝生とちょうど補色関係になっているからか、遠ざかっていくその姿は君の目にまぼろしとして映る。湖畔レストランとは名ばかりの、売店に毛が生えたような食堂の前に馬車を停めさせ、テラス席でビールを飲み中華風の炒め物をつまみながら、龍神からの連絡を待った。自分からも架けた。

「崩れそうだ」馭者が空を見上げて云う。

垂れ込めた雲は渦巻き、そこかしこがあぶく立っているように見える。君はシャンブレー地に包まれた腕を撫でる。「この時期にしちゃずいぶん寒いね」

「まだ通じませんか」馭者は君の携帯電話を見ている。

君は頷き、「もうしばらく待ってから、立川駅の前を通って街道に戻りましょう。行き違ったら引き返させればいい。どうせ向こうも都心に戻るんだから」

気がつくと、テラスの手摺を一羽の鳥が跳ねている。カケスほどの大きさだが羽根色が奇妙だ。基本的に頭部は青く、胸から腹にかけては赤褐色に見えるのだが、まるでモルフォ蝶の翅のように、向きを変えたり頭を動かしたりするたびに色相をがらりと変化させる。瑠璃《るり》カケス？　あれは奄美辺りにしか棲《す》んでいないのではなかったか。どこかから逃げ出してきたのだろうか。馭者に教えようとしたら、るーひぃとぅくるーりーるると啼いて飛び去ってしまった。

流感？　熱病？　馬車が公園を出る頃には歯の根が合わないほどの寒気に襲われていた。馭者に寒くないかと訊ねても、いつもよりは、という程度の返答だ。君はジーンズショップの前に馬車を停めてもらって不自由な脚で中に入る。店員にコートはないかと訊ねる。まだ秋物しか入れてないと店員は云って赤茶色の革のコートを出してきた。現金で買いそれを着込んで馬車に戻ったが、寒気は相変わらずなうえ、馬車が走りはじめると酩酊めいた眩暈《めまい》にまで見舞われた。目を閉じているとましになってきたが、三半規管が狂っているような無重力感は遠ざからない。さっきの炒め物に毒性の茸《きのこ》でも入っていたのではないかと君は想像する。馭者は平然と手綱を操っている。少なくとも後ろ姿はそう見える。君はまた龍神に電話を架ける。小さなスピーカーからはコール音の代わりに魔笛の一曲が流れてきた。恋を知るほどの殿方には、だ。君は仕事場にクラシックを流すようなタイプではないが、モーツァルトに限っては段ボール十箱ぶんものCDを持っている。理沙の部屋に毎日一定時間、低い音量でモーツァルトを流そうというのは龍神からの提案だった。ところが医師が自分で買ったり他の職員から掻き集めてきたCDは、片手で摑めるほどの束でしかなかった。たったそれだけの音楽を何年も強制的に聴かせようというのかと君は憤《いきどお》り、数日がかりで都内のCD店をまわれるだけまわって、入手できるかぎりのモーツァルトをなるべく二枚ずつ（理沙に一枚、君に一枚）買い漁った。その後も見たことのないCDを見つけるたびに買い続けている。モーツァルトが（モーツァルトだけは特別に）脳や自律神経を活性化させるなどという信仰は、もちろん野蛮だ。ある種の音楽には効力があるかもしれず、その一群にはモーツァルトの楽曲の一部も含まれるようだ、というのが正確なところだろう。事例の一つとして挙げられたに過ぎないはずのモーツァルトの名が、実相を離れて独り歩きしている。それでもモーツァルトという概念に、希望を託してみる価値があると君たちは考えた。すなわちこのところ自分を包囲してきた一連のモーツァルトは、理沙の病室で理沙のために流されているものだという想像が、はや君には可能となっている。しかし携帯電話が音楽を奏でるような設定は君や龍神の趣味ではないし、おそらく実用的でもない。それが今、恋を知るほどの殿方には、を発しているという事実への合理的な説明を、念のため試みてみる。幻聴。ドーパミンの異常分泌。合理的だ。懐かしみさえ覚える。君は電話機を閉じた。すると今度は別の音を発しはじめた。今度は設定どおりの無機的な呼出し音だ。君は目を閉じて音が去ってくれるのを待ちはじめる。そのうち意識が焦点を結んだ。電話機が電話機の音を発している。なんの不思議がある？　君は機械の蝶番《ちょうつがい》を開く。「はい」

「なんで繋がるんだ」柏木医師の声だった。個性のある太い声なのですぐにわかる。「本当に木根原さんですか」

「ゆっくりとそちらに向かっている。理沙のことか。なにか異状が」

「あまり良くないお報せです。本当に木根原さんですね？」

「別人だと思うなら切ってくれ。さっきから気分がすぐれない」

「この電話のほうが現実ですよね。私はレーゲンスブルクになんかいないですよね」

「順序だった説明を」

「バイエルンのビアハレにいます。窓から大聖堂が見えますからレーゲンスブルクです。むかし留学していました。理沙さんの部屋のドアを開けたらこのビアハレでした。あ、ビアホールのことです」

「君以外に客は？」

「賑わっています。日本人は見当りません」柏木の声の背後にビアホールの殷賑《いんしん》など感じられない。静寂だけがある。

「理沙の部屋は消えたのか」

「回診を終えて廊下に出たところで、看護師の崎田が奇妙なことを云って引き返していきました――お聞き及びですね、例の空き地を越えて。たしか『サンタも連れてくる』と云いました。様子が変だったので追いかけたつもりが、ドアの先はこのビアハレでした」

「病院には戻れるのか」

「さっきトイレのドアを開けたら戻れました。そして再び空き地を通ってここに」

「君は理沙に嫌われているらしい。ビールに手をつけるな、きっと馬の小便だ」

柏木は黙りこんだ。君は電話機を畳んだ。

「連絡がとれましたか」馭者が訊いてきた。

「別の人間です」

「もう街道に戻りますか。駅前ばかりがひどい混雑だ。事故らしい」

君は前方に目をやったが酩酊感はいっそう強まっており、どこがどう混雑しているのか認識できなかった。馬車はゆっくりと直進しているはずなのに景色がひどくめまぐるしく、不慣れな人間が撮影したヴィデオ映像のように揺らいで感じられる。子供が目的地に向かって街の隙間をすり抜けていくあの感覚と似ている。またサイレンが聞こえてきた。しかしその音も街の喧噪も、周囲からではなくひたすら頭上の幌の向こう側から降り注いでくる。戻ってください、と君は馭者に云って目を閉じる。蹄《ひづめ》の音に意識を集中させようとする。サンタも連れてくる。憶えている。それもあの日の科白だ。サンタというのは理沙がリビングで飼っていたジャンガリアンハムスターだ。前年の十二月生まれだからサンタ。ケージの中にサンタの姿はない。あの青灰色の小鼠はあたかもフーディーニだった。ケージをいくら検証しても隙間があるようではないのに気紛れに姿を消してしまい、数時間後、ソファの上に立ってこちらを見返している。しかしあの日の消失はサンタ最後のイリュージョンだった。どうしたことか彼はそれきり二度と、君や妻の前に姿を現さなかった、まるで理沙の側へと出掛けてしまったように。

五日市街道をひたすら東上し吉祥寺の北まで至ったところで、ようやく龍神から電話が架かってきた。「近道をとろうとしたら、すっかり迷ってしまって」

「その程度でよかった。柏木なんかレーゲンスブルクにいるよ」ひどい風邪と悪酔いが重なったような体調は相変わらずだったが、連絡が取れたことに安堵し、饒舌《じょうぜつ》に柏木との電話のあらましを教えた。龍神は高笑いした。「笑いごとか。柏木の行方はともかく、理沙の部屋が消えたんだぞ」

「話を聞くかぎり、崎田くんは受け容れられ、彼は弾き出されたということに過ぎないのでは。柏木先生の意識は思い出のビアホールに、しかし肉体は院内をうろついていることでしょう。院内で携帯電話を使ったのは感心しませんが、彼の認識においては院外だから見逃すこととします」

「なぜ柏木は拒絶された？」

「たんに嫌われてるんでしょう、声が特徴的ですしね。そんなことより理沙ちゃんが他者の扱いを区別しえたという事実が素晴しい。理沙ちゃんの脳幹《のうかん》は認識してきたんですよ、私は私、崎田くん、崎田くん、そしてお父さんはお父さん」

医師の言葉に、君は総毛立つほどの感動を覚える。「本当にそう考えるか」

「希望ぶくみですが、考えます。当初から接している私や崎田くんでもなければ、むろん両親でもないという事実が、相対的に柏木先生の評価を下げているんでしょう。理沙ちゃんには防御の意思が芽生えている。意識のどこかで彼女は、私たちが想像してきた以上に、自分が身を置いている状況を冷静に理解しているのかもしれません。ただし全体にそれは迷宮状であり、巨大な蜘蛛が徘徊するほど支離滅裂です。ともかく東京が〈砂嵐〉に襲われ続けているかぎり、理沙ちゃんは健康です。もはやそう結論してもいいでしょう。あとはお会いしてから」

龍神は武蔵小金井駅の近くにいた。やはり行き違っていたのだ。君たちは馬車を神社の境内に停めて彼を待った。夕暮れが近づいていた。馭者はそれ以上の強行軍を避けたがった。ゴーストが疲れているから、新宿に着くのは確実に夜中になると云う。君は龍神の判断を待つことにして返事を保留した。龍神は予想外の早さで到着した。白衣のままで買い物用の自転車を漕いでくるようなイメージでいたところ、実際に現れた医師は、水着じみたサイクリングパンツ姿でカーボングラファイトのロードレーサーを駆っていた。車体を地面に倒しヘルメットを脱ぎオーヴァサングラスを外す。度の強いチタン縁の眼鏡が現れた。長い髪は病院でと同様、後ろで一束に括ってあった。

「そういう趣味もあったか。下着が透けてるぞ」君はワゴネットに掛けたままで出迎えた。

「慣れています。最近の通勤はもっぱらこれなんですよ、木根原さんの乗物にはだいぶ見劣りしますが。しかし物凄い馬だな」龍神は馬車に近づいた。ゴーストに振り返られ、びくっと身を退ける。「犀《さい》とのハーフですか」

「咬《か》みつきはせんよ」馭者がパイプに火を吸い付けながら云う。

「例の硝子はまだあるか。あるなら」

医師はワゴネットに上がってルイ・ヴィトンのリュックサックを手探った。硝子片はガーゼのハンカチに包まれていた。直径三センチほどの、ジェリービーンズのようになだらかな、三角形がかった平たい破片だった。握ると表面には心地よいざらつきがあった。シーグラスだ。「まぼろしのわりに手応えが……しっかりとあるね」

「色即是空、空即是色。これは我々の直面している、紛れもない現実です」

医師が若い警察官と同じ言葉を口にしたのを象徴的なことと感じ、不意に感情が昂って君は硝子片を握りしめる。

「その足は事故で？」

君は頷く。「現場検証をすっぽかしたよ」

「馬が疲れて肢が絡みがちなんですが、ここいらに一泊するわけにはいかんでしょうか」と馭者。

医師が君を見る。理沙さえ無事ならば、異存はなかった。君もどこかに落ち着きたかった。龍神は自転車をワゴネットに載せ馭者にホテルを指示した。

吉祥寺の街はまるで早朝のように閑散とし、歩道の放置自転車やガードレールやときには車道の上をも、しきりに鳥が跳ねていた。姿や囀《さえず》りはさまざまだ。そして昭和記念公園の瑠璃カケスと同様、そのいずれもが君の博物学的知識を裏切っている。ミッスイめいた紅い頭の、真っ黒な軀に真っ黄色な嘴《くちばし》の、頭頂に飾り羽根を有した、雀ほどの小鳥たち。電線上の尾長のシルエットからカナリアの声。首長の猛禽。ピンクの梟《ふくろう》。みなワゴネットが近づくと風に吹かれたように飛散していく。君は龍神の顔を見る。医師は複雑な笑みを返す。ホテルに空室はあったが馬は宿泊を拒否された。繋いでおく場所がないというのがその理由だった。次のホテルに足を伸ばすもまた同じことが起きた。龍神の報告を受けて馭者は落胆し、自分は公園に野宿すると云いだした。井の頭動物園がある、と龍神が思いつく。「動物園なら馬を煙たがりはしないと思いますが」

動物園の門はすでに閉じられていた。龍神がインターフォン越しに守衛と交渉を始めたが、どう説得するべきか迷っている様子だ。痺れをきらした馭者が馬車を降り、医師をインターフォンから遠ざける。「まだ飼育係が残っておるでしょうが。馬のペルシュロンが表に居ると伝えてください」

飼育係たちが外に出てきてからは話が早かった。彼らはペルシュロン種の威容に完全に圧倒されていた。ゴーストが頭を向けるたびに身を仰《の》け反《ぞ》らせている。門が開かれた。使われなくなって久しいポニー舎がゴーストの宿に提供された。馭者は当直室に泊まることになった。若い飼育係が云う。「物凄い馬だ。若い頃はさぞ美しかったでしょう」

「天馬のようでした。橇を曳きながら、本当に天まで上がってしまうかと思ったもんです」

ゴーストはワゴネットから解放された。馭者がその軀をゴムブラシで撫ではじめた。君と龍神は厩を離れた。アジア象もアムール山猫も猿山の日本猿もみな寝床に導かれたあとの動物園は、時折の臭気にのみ野性の気配を漂わせている。

「途中、私も見かけましたよ、七本肢の大きな蜘蛛を。中野の辺りでビルの狭間を通り過ぎていきました」

「ハンニバルだ。みつばちマーヤの冒険に出てくる蜘蛛だよ」と君は教える。「あのくだりは理沙のお気に入りで暗唱さえしていた。莫迦《ばか》長い肢をいろんな方向に伸ばした、あたかも動く脚立《きゃたつ》で、茶色い玉のような軀が空中に浮かんでいるように見える。そうだね？」

「その通りです」

「あんたの肢、一本多いわ、とマーヤは驚くが、多いんじゃなくて一本足りないんですよ、と彼は不機嫌に答える。マーヤを食らおうとする悪役の蜘蛛とは別物だ。ひねくれた臆病者で人間をひどく恐れている。人間につまみ上げられたお蔭で、肢を一本失ったからだ」

「木根原さんも暗唱できそうだ」

「最初は俺が読み聞かせた。のちに自力で何度も読み返していた。大きさは？」

「三階か四階から見下ろされているくらいの感じでした」

「マーヤから見たらそのくらいだろうね」

「ここに理沙ちゃんを連れてきたことは？」医師の視線は併設された彫刻館に向けられている。妻子を伴ってここを訪れたとき君の目当ては、象やワラビーやモルモットよりもそちらだった。建物の向こう側には日本の作家たちによるロダン紛《まが》いのブロンズ像が立ち並んでいる。館内には長崎平和祈念像の原型などがある。いずれも君には面白い作風ではないが敵状視察のような気分だった。敵はブロンズ。こちらは紙の虫。

「一度だけ。君は」

「最後に来たのは学生時代かな。加藤清正《かとうきよまさ》像を見た記憶がある」

「加藤清正は日本じゅうの観光地にいるよ。立身出世の象徴で造形も楽だから。あの烏帽子《えぼし》みたいな兜《かぶと》を際限なく伸ばして、長槍に凭れさせれば、誰の目にも加藤清正だ」

　君たちの足は彫刻館のほうに向く。慣れない松葉杖で進むうち、また三半規管が不確かになり無重力めいた浮游《ふゆう》感に包まれはじめた。彫刻館の入口へと客を導くフェンスの支柱の天辺《てっぺん》には、ステンレススチールの小鳥が熔接してある。その一羽が首を傾げて君を見下ろす。君は愕然《がくぜん》として先を行く龍神の背に触れる。鳥は奇妙な声で囀ると相次いで翔び立ち、木立から洩れ差す沈みぎわの陽をぎらぎらと撥《は》ね返しながら、君たちの頭上を舞った。空はいっそう低く垂れ込め、はっきりとあぶく立っている。鳥たちを眺め上げている君は、やがて周囲の景色が砂状に流れ落ちて下方で融合していくような崩壊感覚を味わう。そのくせ下方がどちらなのか、いまひとつ判然としない。崩れ続ける彫刻館の背後からたくさんの黒ずんだ肉体が姿を現す。どの肉体も激しい苦痛を背負っているらしく口々に猛獣の唸《うな》りじみた、それでいて金属的な声をあげている。不自然な姿勢に耐えかねて転げ、地べたを這いはじめる像。暗黒舞踏めいた動きで隣の像をまさぐり、その肩や腕に咬みつきはじめる像。じっと過ぎるのを待つんです、と龍神が云って君の捻挫した右手を強く握ってきた。痛みが脳天を突いて原色で炸裂する。他の像を長槍で突いたり払ったりして道を拓《ひら》きながら、烏帽子状の兜を被った像が近づいてきた。青銅の肌を裂かれた像は痛みに泣き、連打されるシンバルのようなその叫びが君の鼓膜《こまく》をびりびりと鳴らす。あれは駄目よ、あれは駄目よ、と龍神が女言葉で云い君の手を離して逃げ出す。君もよたよたと厩の方向に逃げはじめる。彫刻群はいずれも等身大かやや大きな程度のはずだが、振り返るとブロンズの加藤清正は君たちのすぐ背後にまで迫りながら、さらに刻々と大きさを増している。龍神は恐怖に足が萎《な》えてしまったらしく地面に膝をついて這いずりはじめた。何かが君の肩の上を追い抜き、次いで、木根原さ……という声が後方へと飛び去る。君はまた振り返る。龍神は腹から巨大な長槍の先端を突き出させながら、君に追いつこうとして手足をじたばたさせている。君は咆哮《ほうこう》めいた悲鳴を発する。清正像の影はいっそう君に接近してすっかり視界を塞ぐ。緑青《ろくしょう》をこびり付かせた黒い瘡蓋《かさぶた》のような肌が捩《ねじ》れ、波打ち、君を包み込む。巨大な手に握り込まれた君の胴体が内側から厭な音をたてはじめる。そして潰れていく。閉じた瞼の内が真っ暗になり、鼻腔《びこう》に青銅のにおいが満ちる。頭を囓《かじ》られたのだと君は悟る。すでに死が訪れているはずだが、意識は途切れてくれない。君の意識のまなざしは覗き孔のような眼窩《がんか》から龍神の小さな背中を見下ろしている。龍神を長槍で刺し殺したのは君の捻挫した右手だ。君は龍神を串刺しにした、理沙の主治医を。取り返しのつかない失敗をどれほど繰り返すのか。立ち尽くす君の周囲で動物園はひたすら崩壊を続ける。日本猿が、赤毛猿が、アジア象が、白鼻心《はくびしん》が、アムール山猫が、ダマワラビーが、モルモットが、熱帯の鳥たちが次々に解放される。彼らは分裂と融合を繰り返しながら都市に浸透していく。あるものは逞しく物陰にコロニーを形成し、あるものはのたれ死に野性の残像と化して日向《ひなた》を徘徊する。

ポニー舎の前では馭者が藁《わら》を掬《すく》うための手鉤を、飼育係の青年の顔に突き立てようとしている。そっくりな光景を、かつて君は目の当りにしたことがある。理沙の延命のための金策、膨らむ負債、利子返済のための新たな金策——悪循環の重圧に疲れはてた君は、いつしかCGアーティストと化していた箕面《みのお》から合法ドラッグを薦められる。美大時代の先輩だ。酒は金の無駄遣いだよ。こっちなら少量でリラックスできるし健康も害さない。君もポジティヴになれるよ。まっすぐに自分を見つめてくるその目を、君は真摯な眼差しだと誤解した、本当は人為的なドーパミン生成で瞳孔が拡大していたに過ぎないのに。その網膜に君の顔など朧《おぼろ》にしか映っていなかったのに。君が箕面を信頼した理由は他にもある。彼は心理セラピストの友人が主催する、心理障碍《しょうがい》治療のための合法ドラッグ使用プログラムに、ボランティアとして参加しはじめていた。違法薬物やアルコールへの依存症患者、PTSD患者、習慣的手首自傷者《リストカッター》などを、合法的薬物に軽度依存させることで段階的に治療していくプログラムだと聞いた。バッドトリップを避けるために最初は僕らと一緒のほうがいい。みんなと一緒がいいよ。君は彼らの集まりに交わる。場所はセラピストが自宅マンションに用意した〈セッション〉ルームだ。箕面の言葉に嘘はなかったが意図的な説明不足はあった。プログラムは対話や瞑想やロールプレイのほかに、多幸感の中での乱交も想定していた。抑制する役目の者はいなかった。君が参加した〈セッション〉は三週めで、その頃はまだ使われる薬物にも乱交にも節度があった。耐性のない君たちには充実した休日だった。君は真の家族を得たような気がしたものだ。しかし人体が快楽への耐性を獲得する速度は凄まじい。君たちを満たした全能感は、翌朝の涸渇《こかつ》感と一対だ。快楽のヴァリエーションを求めての君たちの彷徨《ほうこう》が始まった。君は箕面に抱かれ、セラピストを抱き、精液の味を覚えた。自傷癖の少女は同級生や妹を〈セッション〉に巻き込んだ。ＰＴＳＤの主婦は輪姦《りんかん》されながらの死を望み秘かにオーヴァドーズしたうえで被害者を気取り、君たちの最初の贄《にえ》へと昇格した。毎週恐怖にかられてやって来る彼女の精神をいたわるような素振りで苛《さいな》み、死へと追い詰めていくのが君たちの楽しみになった。彼女は十二週めの〈セッション〉のあとマンションの屋上から飛び降りた。警察はありふれた死の一つとしてそれを処理し、君たちを断罪しなかった。ゆえに〈セッション〉は続いた。癒《い》えたと称して君たちの許を去る者、症状が悪化して去る者、好奇心に目を輝かせた新参者、君はいずれにもなれなかった。君の苦しみは君の内面に起因するものではない。ゆえに君と接するなんぴとにも治療はできないし、一足飛びに悪化もしない。君は〈セッション〉の参加者でありながら傍観者だ。一時的な解放によって存在感を薄め、似たり寄ったりの笑みを泛べた肉塊と化していく人々を、朦朧と、漫然と眺めるばかりだった。集まりが求心力を失いかけると贄はまた密かに選出され、トルエン中毒の少年はオーヴァドーズの幻覚のなかで交通事故死、拒食症の女子中学生は〈セッション〉の翌朝学校の職員室で首を吊った。元覚醒剤中毒でやはり贄に選ばれていた娼婦は、四十三週めの〈セッション〉に釘抜きを隠し持って参加した。地底からの侵略者から身を護るためだった。もはや乱交の前戯と化していたロールプレイの最中、彼女は地底人の変装に違いない箕面の額にそれを突き立てる。のちに君はその頃の〈セッション〉で配られていた薬の成分が、ＬＳＤと覚醒剤のカクテル、ブルーチアに酷似していたことを知る。テンガロン帽を落とした馭者が、振り乱している白髪も振りかぶった腕のさまも、あの娼婦にそっくりだ。愚かな行為を押し留めようと長槍を放り出しブロンズの軀を前のめらせた君は、自分もまた周囲の景色同様、崩壊しつつある存在であることを悟る。君は刻々と崩壊している。箕面を救えなかったときもこうだった。君は彼のすぐ隣に坐っていたのだ。しかし娼婦を取り押さえようとする君の手は先端から順に崩れ、気がつくと意識は絨毯の上にあった。まったく同じだ。君の意識は動物園の乾いた地面を這う。

湿った突風のような息が君の時間を巻き戻し、肉体を再結晶させた。身を起こし視線を上げた君はストロングゴーストの逞しい前歯を間近にする。君はポニー舎の前まで逃げてきて転倒したに過ぎなかったのだ。パイプを嚙んだ馭者がゴーストの背後から顔を出す。

「どうなさった」

君は彫刻館を振り返る。地面に片膝を付き祈るように蹲《うずくま》っている龍神の姿が見えた。飼育係の青年が君を抱え起こす。

普段着姿になった龍神がラウンジに入ってきた。袖のないハイネックのニットで喉仏を隠し脱毛した腋を覗かせ、下には民族衣装風の巻きスカートを履いている。髪は膨らませて肩に下ろし眼鏡の代わりに灰色のコンタクトレンズを装着している。「お待たせ」

「そういう衣装を病院に常備しているのか」

「どれ？」

「全部だよ」

「もちろん、いろいろと」姿が変わると声や言葉つきも変わる。強度近視用の凹レンズが取り払われると〈彼女〉の眼は顔に比してずいぶん大きい。それをマスカラでいっそう大きく見せている。眼と、同じく化粧で強調された唇だけで顔が出来ているようだと君は思う。鼻の下や顎《あご》に髭の痕跡は見られない。いずれも永久脱毛したと聞いた。しかし他に手を加えた箇所はないと強調していた。あるとき一緒に酒を飲んでいて君は〈彼女〉を強引に抱き寄せてあちこちを触った。たしかに男性の感触しかしなかった。〈彼女〉は君の悪ふざけに怒った。女の怒り方だった。異装倒錯者《トランスヴェスタイト》が纏うのはスカートだけではない。

ラウンジにはグラン・パルティータ——十三管楽器のセレナーデが流れている。またしてもモーツァルト。斜の位置に腰掛けた龍神に君は空《くう》を指して問う。「これは脳に直接響いているんだと思うか。それともネットワークがオーディオシステムを支配して、物理的に生じさせているのか」

知るものかといったふうに龍神は肩を竦《すく》め、「着替えながらニュースを見てたら、都心を中心とした異常現象という表現だった。つまり理沙ちゃんのネットワークは、今のところ空間に——都市の〈磁場〉に制約されてる。ここにレコーダーを持ち込んで場の音を録音し、録音状況を書き添えてレコーダーごと遠方に送れば、理屈のうえではそのどちらなのか見極められることになるわね。計測が冷静だったかどうかがまず問題視されるだろうけど」

「本当に理沙のネットワークなのか。たしかに符合はある。しかし俺はまだハンニバルを見ていない。公園での幻覚も俺自身の体験に根ざしていたと思う。君の仮説があるていど当っているにせよ、都心に植物状態の人間は少なくないだろう」

「でも符合は私の幻覚中にも。たしかに私は突き殺された、理沙ちゃんが怖がって泣いた加藤清正に。より複雑で重層的なネットワークかもしれないわね。その表層を担当しているのが理沙ちゃんだという可能性も」

ペンを握ったウェイターが近づいてきたので、君たちは飲み物と軽い食事を注文した。都市機能が健全であれ不全であれ、経済の営みは伏流水のごとく進行をやめない。

「馬はネットワークの外だ」

「そのようね。馭者さんの態度を見るかぎりでは、その〈磁場〉に接している人間も」

「理沙は俺たちと同じ夢をみているんだろうか」

「隈《くま》なく巡らされたワイヤー、ひっきりなしに飛び交う電磁波、空間を埋め尽くすノイズ、無尽蔵に蓄積され増殖を続ける情報、そのなかで暮らす個々の人間の脳や神経——都市の無数の要素が絡み合った結果、奇蹟的なネットワークが形成され、理沙ちゃんの壊死《えし》した新皮質の機能を、いささか歪んだかたちで担《にな》おうとしている。どこまでが彼女の意志や夢想で、どこまでがネットワーク自体の夢なのかは誰にも判らない。きっと理沙ちゃんにも」

「信じるのは難しいよ、未だ」

「ありえないと笑い飛ばすほど非科学的な態度はない。硝子は？」

君はズボンのポケットに手を入れる。「ある」

「そこいらで拾った硝子じゃないのよ。科学的良識下には存在しえない、まぼろしの空き地の一部。それを握ってる貴方は、いまナルニア国やアリス・リデルの地下世界に類する世界に、肌を接している。空き地の現象一つとってみても、理沙ちゃんの稀有《けう》なるポテンシャルあってのネットワークだとまでは、断言して構わないでしょう。じつは、ネットワークにおいて貴方が果たしている役割も小さくはないという気がする。同時に貴方はニューロンの形成要素に過ぎない。私たちの体験は、巨大な幻想の矮小な細胞体へのフィードバックなのよ。それが今も現に」マニキュアした爪で中空を示す。

「体験の一切が信用できないということか。君の言葉さえ」

「大切な認識ね」

龍神の携帯電話が鳴った。〈彼女〉は男の声で電話に出た。病院から報告を受けている様子だったが、やがて、電波が悪いと君に囁いてラウンジの外に出ていった。君はまた深く腕を組んだ。寒気が収まらないのだ。しかしこれは理沙の体温だという気がしはじめている、あの日の。飲み物が来た。龍神は聞き慣れない名前のロングカクテル、君はこれといったウィスキーがメニューに見当らなかったのでギネスを頼んでいた。グラスを口に運びながらレーゲンスブルクに放り出されてしまった柏木のことを思い出した。君はギネスの泡を嗅ぐ。ギネスの泡のにおいがする。嗅覚だって今は信用できない。だがなにを信じる？

「どうかお願いです。お母さんに一目、お別れをしてきたいのですが」
「もっともな願いだ。いいだろう」と裁判長は云いました。
そこで四番目の兄さんは家に帰り……今度は五番めの末っ子が代わりに戻ってきました。

君はギネスを啜《すす》りながら理沙に語りえた最後の部分を思い返す。物語はまだ終わっていない。五番めは？　あの絵本は今も売られているのだろうか。もう何十年も手許にない。君は記憶だけを頼りに理沙に語ったのだ。ナンセンスな特技を持つ五人の兄弟が飄々《ひょうひょう》と刑罰を免れていくだけの素朴な物語。幼い君があの物語に強烈に惹かれた理由はおそらく三つある。それが特殊な能力にまつわる物語であること。西洋人のペンによる洒落た挿画が、君をたやすく工場（一家の住居はその二階の二間だった）のにおいも音もない、異国の海辺へと連れていってくれたこと。そしてそれが小学校の教科書以前に所有できた君の唯一の本だったこと。薄っぺらな本だった。基本的に同内容の反復で成り立っている物語だから（兄弟の順番は間違いやすいが）誰にでも暗記できる。あの日、小雪の舞う小さな浜で君は四番めの兄のところまで理沙に話した。話のあいだ、君の視線は海とスケッチブックを往復していた。同じ流木に彼女を坐らせて冬の波をスケッチしていたのだ。君はいつもの口癖で、意味もなく彼女の名を呼んだ。返事はなかった。君は顔を上げて左右を見る。君の視界から外れていた浜の隅で、荒れた海の縁に彼女は立ち、なお先に進もうとしている。君は彼女の名を呼ぶ。しかし波音で聞こえないらしく振り返りもしない――。

隣のテーブルに独りでいる女が、たばこを喫いながらこちらを見ているのに気付いた。君も彼女に見入った。どこかで会ったことがあるような気がするが思い出せない。席に着いたばかりのようでテーブルにはまだ飲み物がない。ユキと同年輩かもっと若い。背伸び気味にお洒落しているつもりらしいが、ファンシーな上着、赤いブラウスと白っぽいスカート、ハイヒール、いずれも互いにちぐはぐで着慣れている感じがしない。髪は短く切りっぱなしで耳の奇妙に上の方にピアスを付けている。一般的な尺度においてはユキのほうがずっと美しいし洗練されている。しかし君の興味をそそる顔という意味においては、ユキはこの女に及びもつかない。素気ない顔だ。細部の特徴ではなく内側から張りつめた質感そのものが個性を成した、彫刻的な顔だ。ブロンズ像はとうぶん見たくないが、べつに具象彫刻一切を嫌悪しているわけではない。素材に内在する力を無視して、他の質感の模倣に終始している作風が嫌いなだけだ。写実的な彫刻よりボルトと針金で作った犬のほうがよほど犬らしく、今にもじゃれついてきそうに感じられることがある。ボルトや針金の強靭《きょうじん》さが命の息吹に転化されている。内なる力だけで成り立った女の顔は、血や骨肉といった物質そのものだった。君が求めてやまない確かな質量感をその小さな顔は秘めていた。龍神が居なかったら君は彼女のテーブルに移動していただろう。残念ながら〈彼女〉は間もなく戻ってきた。

「理沙ちゃんは大丈夫」と坐りながら云う。その表情に君は幽《かす》かな翳りを見出す。

「数値は」

「簡単に云うと……いい部分と悪い部分の差が極端に広がってる。脳幹の活動ぶりははっきり云って健常者の比じゃない。聞いたこともない数値。そのぶん体力を消耗してるのか、ほかはちょっと衰弱気味。でも危険な数値じゃないから安心して」〈彼女〉は自分の飲み物に手を伸ばし、ふと眉間に皺《しわ》を寄せ、「こんなの頼んでない。クロンダイルハイボールって云ってた?」

「聞き洩らした」

「これヴァイオレットフィズじゃないの」

「カクテルはよく分からない」グラスが淡い紫色を呈しているのは事実だった。「取り換えさせよう」

ウェイターを呼ぼうとする君を龍神は制し、「それ、最初からあった？」

〈彼女〉が指し示しているのはテーブルの端に置かれた卓上カレンダーだった。銀行で景品として配るような代物だ。ホテルラウンジのテーブルにはあまり似つかわしくない。

「いま気がついた。まるで田舎の喫茶店だな」

「日付」

君はカレンダーを引き寄せる。一九九七年の十二月――理沙が溺《おぼ》れた月。しかしカレンダーは真新しく見える。九年もここに放置されてきた色ではない。君は腰を上げる。「部屋に戻ろう」

「部屋でも同じことよ」

「ここには居たくない」

狸かもしれないウェイターに木の葉かもしれない伝票を渡し、勘定を部屋に付けさせてエレヴェータに向かう。隣のテーブルの女はいつしか姿を消している。

翌朝の吉祥寺には断続的に小雪がちらついた――八月の都下に。君は部屋の窓を開きその何片かを掌に受けた。紛れもなく結晶化した水であり、掌上でやがて小さな水溜りとなった。龍神は女の衣装の下にサイクリングスーツを着込んだうえ、ホテルに無理を云って毛布を二枚買い取った。動物園に馭者を迎えにいくと、彼は飼育係から借りたウィンドブレイカーに身を包んで姿を現した。女の姿をしている龍神に対して目をまるくしたが、彼のほうから事情を問おうとしないので、君も〈彼女〉自身も特段に説明はしなかった。馭者がどういう次元のこととして事情を呑み込んだのか、今となっては知るすべもない。女装の龍神は女に見えるか？　屋内や、屋外でも夕方以降ならば、問題なくそう見える。昼光の下だと、装いやふるまいに抜かりがなくとも見抜かれがちだ。同一民族の男と女とには、肉体のデザインに決定的な差異がある。差異がなくては惹かれ合いにくいからだろう。むしろ東欧辺りにならば、龍神そっくりの女がいくらでも歩いていそうだと君は思う。龍神が架空の乳房をブラジャーで抑えつけるようになったのは高校時代だという。服飾史上有数のその高度で理不尽な造形には、君も兼ねてより興味津々だった。やはり酒の席で、最初から自分で買いにいったのか、それとも女きょうだいのを拝借したのかと訊いたことがある。姉はいたもののその衣類を身につけたことはない、との答。早合点した君が軽い好奇心から、どういうデザインを選んだのかと問えば、龍神は急に憤った口調になって、自分で選びはしなかった、そんな余地はなかった、洋服も化粧品もすべてプレゼントだった、と云った。

「誰からの」

「兄よ。兄も姉もいたの。いたの」

君はようやく過去形に気付き、もう龍神の過去を穿鑿《せんさく》するのは諦めようと決めた。しかし酒が入るといかなる決意をも忘れてしまうのが君だ。また白衣のあいだ感情を押し殺しているぶん、なにかと感情を露わにするのが女装の龍神だ。絶交と和解を繰り返す幼い兄妹にも似た君たちは、ワゴネットの上で毛布にくるまり、身を寄せ合っている。一方で馭者はゴーストを走らせはじめて間もなくすると、借り物の上着を暑そうに脱ぎ捨ててしまった。ワゴネットに放り込まれたそれを龍神は君に譲った。君はそれほど寒そうに震えていた。

「数百億のニューロン――それぞれの軸索《じくさく》は数百に枝分かれし、ほかのニューロンの樹状突起や細胞体の表面に接触している。この構造がシナプス。高校で習ったでしょう。接触といってもシナプスには数十ナノメートル、つまり十万分の数ミリの隙間がある。このギャップを跳躍して情報を伝えるのが、電気信号を受けたシナプス小胞から放出される化学物質、いわゆる神経伝達物質」

「ドーパミンとか」

「よく出来ました。脳内ではたらく神経伝達物質は、ほかにアセチルコリン、γアミノ酪酸、グルタミン酸、ノルアドレナリン、セロトニン、アデノシン、エンケファリン、サブスタンスP、CCK……あとは出てこない。とにかくいろいろ」

「いい加減な医者だ」

「私は臨床医《りんしょう》だから患者の顔色のほうが大切なの。とにかくその作用によって後《こう》シナプス電位が発生し、電気シグナルが隣の神経細胞に伝わるというのが化学シナプスの基本的メカニズム。一方電気シナプスの場合、ギャップ結合をイオンが行き来して情報を伝える。昔は哺乳類の体内に電気シナプスはないと云われてたんだけど、今は新皮質にも立派に存在するのが判ってる。つまりシナプスを跳び越えるものは多彩なの、考えてみたら当り前のことだけど。だって情報なんてどうやったって伝わる。伝達よりも遮断のほうがずっと難しい。貴方が理沙ちゃんの部屋にごちゃごちゃと持ち込んでる芸術作品ですら、ネットワーキングに一役買ってないとは云いきれない。音響音声学の連中だったら、あの一見静かな部屋に満ちている機器のノイズが、作品に反響してどんなパルスを生成しているかに注目するでしょう。理論物理の連中だったら素粒子《そりゅうし》レベルでなにか考えつくかもしれない。命題、都市は人間の脳を代替しうるか?」

君は答えない。君の脳裡に泛んだ答はイエスでもノーでもない。そう望む、だ。荻窪辺りではまだ自動車に追い越されていたが、中野が近づいた頃からは深夜の郊外を走っているように、ときおり足早な人影を見かける程度になった。あたかも戒厳令下《かいげんれい》だ。今日はまだ鳥も見かけない。ただしそれらは君と龍神の認識だ。会話に矛盾は生じてはいないが、認識の細部が合致しているとも限らない。少なくとも真っ当な〈現実〉に対して、目に映る風景は間違いなくぶれていた。なにしろ遠景のパースペクティヴが露骨に狂っている。

君はワゴネットの内に視線を引き戻す。いやパースペクティヴどころではない。観察するほどに景色のあらゆる細部が、具象として滅茶苦茶だ。後方に流れていく電柱が屋久杉ほどの太さだったり、ただ直進しているだけなのに前方の家々の遠近が入れ替わったり、目の高さではビルの狭間であるはずの空間が視線を上げていくとビルそのものになっていたりした。マグリットやエッシャーの作品のような計算ずくのトリックではなく、違うパースで描かれた絵を合わせ、間を繋いで辻褄《つじつま》を合わせてあるような具合なので、君のように絵心に満ちた人間には堪らなく気持ちわるい。かつまた不穏だった。

「みんなどこに居るの」居眠りしている様子だった龍神が、不意に大きな眼を見開いて、呟く。

「何日も電車が動かないから家でじっとしてるんだろう。あるいはレーゲンスブルクのビアホールで柏木と乾杯している」

「木根原さん、弾き飛ばされるとしたらどこがいい？」

「記憶のなかの土地にしか行けないなら、ろくな場所はないよ」

龍神はまた目を閉じ、そのうち小さな鼾《いびき》をかきはじめた。馬車が新宿区に入る。不意に君と〈彼女〉との間に、三十四ばかりのネオンテトラが割り込んできた。魚たちは呼吸するように発光の度合を変化させながら、あきらかに君たちを観察していた。初めは黙殺を決めこんでいた君だが、やがて耐えがたくなり、両手をばたつかせて追い払った。魚たちは視界の外側に散っていった。気配に、龍神が目覚める。景色を見回し身を捻って路のさまを確かめ、両手でベンチの背に摑まった。「とんでもない場所を進んでるような気がする。ここどこ？」

　君はちらりと進行方向を見て、「新宿公園の手前から都庁を追いかけてるが、なぜか一《いっ》向《こう》に近づいてこない」

「馭者さん、なにか云ってる？」

「ふしぎがってる様子はない。彼やゴーストにはまともな景色が見えてるんだろう」

「でも私たち、上に向かって進んでるんだけど」

「都庁に向かってる。ちゃんと前方に見えるだろう」

「頂上はね。でも下のほうの階は車輪の下に」

　君は馬車から肩を出す。龍神の言葉どおり、馬車は都庁舎の大理石風カーテンウォールと硝子が組み合わさった壁面を進んでいた。実際はそうではあるまいに壁材と硝子は平坦に合わさっている。路面と化した壁面を先へ先へと眺めていくと、そのまま遠方にある都庁の先端まで連続していた。手前に視線を戻していくと、まるで空中から庁舎に急接近しつつ、視線をだんだんと下ろしているように感じる。そんなふうに、なんとなく辻褄が合ってしまっていた。左右の景色と下方の壁面とは九十度食い違っている。路面たる壁面に再び眼の焦点が合うと、紛れもなく馬車は壁を登っている。急に後方への重力感が生じて馬車から転がり落ちそうになり、慌ててワゴネットの中に視線を戻す。「糞、そんなことに気付くなよ」

「天辺まで登っちゃったら、そのあとどうなるのかしら」

「きっと反対側から下りるんだろう」君は毛布を深く被りゴーストの蹄の音に意識を集中させる。外の悪夢に引き込まれたら、きっと墜ちる。

路面とは矛盾した公園へと至る階段の前で、不意に馬車が停まる。駅者が馬車にブレーキを掛けて台から降りる音がした。「ちょっとだけ待っていてください。すぐに戻ります」

君はベンチから腰を上げる。「駄目だ。ゴーストから離れるな」

「小便です」駅者は照れ笑いしながらこちらに背を向けた。階段の手前の二つの景色の合わせ目で、愕然と馬車を振り返る。なんじゃらほい、と発した。その瞬間にはもう横向きに落下を始めていた。

「目を閉じろ。何も起きてない」君は叫んだ。だが馬車も墜ちはじめた。

死とは？　あるときは激しくあるときは穏やかに、君は問い続けてきた。与えられた答にヴァリエーションは少ない。心停止、呼吸停止、瞳孔拡大という古典的な三兆候をして初めて死とする考え方は、未だ根強い。主流といっていい。むろん脳死の概念を説明しはじめる者もいる。現在脳死の基準は次の六項とされている。

一、深昏睡《しんこんすい》。

二、自発呼吸の消失。

三、瞳孔の散大。

四、脳幹反射の消失。

五、平坦脳波。

そして六番めに、時間経過というのがくる。前の五つの条件が満たされてから六時間後、状態に変化がないことが確認されれば、その人は全脳死しているとされる。脈拍や体温とは無関係に彼らは社会通念上の死者だ。木根原理沙はこのうちの少なくとも三つを満たしている。九年前、神奈川の救急病院に担ぎ込まれたときは五つを満たしていた──そう診断された。救急車の中で動きを停めた心臓は、救命士による肋骨《ろっこつ》をへし折りそうなマッサージにも反応することなく、君は身も世もあらずその濡れそぼった額や頬を撫でまわし続けていたけれど、生者らしいぬくもりは一向に掌に伝わってこなかった。娘を殺すな。俺の心臓でも魂でもなんでもくれてやるから、頼むから、死なせないでくれ。死なせるな。頼む。病院の青い患者衣を纏った君は病院の廊下で騒ぎ続けていた。周りに看護師が集まってきたが、君は叫ぶのをやめない。そのうちＩＣＵから小柄な初老の医師が姿を現し、ようやっと君は黙った。心臓は動いている。血圧も昇圧剤の点滴に反応した。朗報のはずなのに神妙な顔つきで彼は告げ、さらに云い足した。「そして、それだけです」

「脳は」君は慄然《りつぜん》として問い返す。

「頭皮上脳波はフラットです。すなわち認められません。自発呼吸もなく、脳幹反射——対光反射、角膜反射、毛様体脊髄《もうようたいせきずい》反射、咳反射やいわゆる人形の眼反射も認められません。最善を尽くしましたが心停止が二十分近く継続してしまった以上、お嬢さんはもはや引き返せない処におられる。大脳皮質の大半が壊死していると考えられます。脳細胞は酸欠に対しきわめて脆弱です」

「大脳がなんだ。心臓は動いてるんだろう」

「むろん現状を脳死とは申しません。とりわけ幼い患者の場合、じっくり時間をかけて状態を見極める必要がある。しかし奇蹟が起きたとしても——その可能性は実際のところ皆無とお考えいただきたいのですが——良くて植物状態、通常はいかに長くとも数日内に、深昏睡のまま心停止に至るのが通常です。ですからなるべく早期に、状況を受容されるか否かのご判断を」

「ご判断？」君は白衣の襟《えり》を摑む。「決まってるだろう。娘を殺すな。もし理沙が死んだらお前の子供も殺してやる」

彼は不快げに君の手を引き剝がしながら、「どうか落ち着いてください。私が彼女を溺れさせたわけでもないし、むろんお父さんにもそんな意思などなかった。誰にとっても不慮の事故です。起きてしまった現実に対して、私は職務を遂行するよりほかないし、親御さんは冷静な判断をくだすしかない。お嬢さんはもうご自分では瞬《まばた》き一つできないんですから」

「じゃあ職務として答えてくれ。理沙はもう死んだのか？　死体なのか？　それともまだ生きているのか？」

「臨床的には、一直線に死に向かわれつつあると答えざるをえません」

「向かっているというんだったらまだ生きてるんじゃないか。理沙を助けろ。助けてくれ。たとえ話せなくても、ずっと眠ったきりでも、生きていてくれればいい」

「どこまで意地を張られても――むしろ張られるほどに、悔いが残りますよ」

「もしどうしても助からないなら、あんたにその力がないんなら、せめて一日でも二日でも余計に生かしてくれ。まだたった七歳なんだ。七年しか生きてないんだ。どうか間に合ううちに脳でも心臓でも、その専門医を。金に糸目はつけない。約束する。俺の大脳は使えないか？　生きた脳なら移植できないか」

……先生、と看護師が出てきて医師になにか耳打ちする。医師は眉をひそめた。

「ここでお待ちください」と彼は云いまた中に入っていった。君は放心してベンチに掛けた。職場から駆けつけた妻を、看護師が案内してきた。彼女は君の隣に掛けると怯《おび》えきった調子で、どこで溺れたの、と訊いた。

「裏の浜だよ。俺はスケッチを」

「こんなに寒い、風も強い日に」

「波をスケッチしていた。目を離しているつもりはなかった。傍らに坐らせて会話しているつもりだった。ふと横に居ないのに気がついて顔を上げたら、まるで吸い込まれるように海へ、海へ――」

妻は、君が前後を失うのを押し留めるように、「その恰好、貴方も怪我を？」

「いや、海から上がったままだったから脱がされただけだ。俺の服はどこだろう、今まで考えもしなかった。誰かが乾かしてくれてるんだろう」

「理沙は助かるんでしょう？」

「心臓は動きはじめた」君は答えた。「そしてそれだけの状態だそうだ」

妻は唇をかたく結んだ。以後、君の前ではいっさい笑顔を泛べなくなった。現在に至るまで彼女の笑いを君は見ても聞いてもいない。あの日の朝、出掛けていくときが最後だ。

一色《いっしき》海岸の外れに小さな家を借りて住んでいた。煤《すす》けたような住宅地の突端に過ぎなかったが、家の裏口を出て隣家のブロック塀沿いに草地を下りていくと、海水浴場の飛び地とでも称すべき小さな小さな砂浜に出られた。あそこでの我が物顔は、ああいった場所にいつまでも退屈せず佇《たたず》んだり流木に腰掛けたりしていられる、君とその奇特《きとく》な妻子の特権だった。いかなる他人も好きこのんでは踏み入ってこない、家族の安全地帯のつもりで君はいた。あの箱庭のような浜は今はもう存在しない。理沙の事故をきっかけに界隈《かいわい》の住民が陳情したらしく、町によってコンクリートで護岸されてしまった。君は工事のあいだに家を引き払い、海のない奥多摩に居を移した。

日暮れまでに理沙は四谷の大学病院――まだ学生のように見えた龍神の許に移送されていた。救急病院のICUで何が起きていたかは、龍神から説明された。理沙の脳波計に辛抱強く張りついていた看護師が彼女の鼻腔脳波の復活に、しかもそこにα波が混在していることに気付いたのだ。順調に心停止へと滑り落ちていくはずだった彼女が、一般の病院にはきわめて厄介なタイプの患者へと転じた瞬間だった。

日本の医師には脳死の告知義務が課されていない。選択を迫られることを望まぬ家族への配慮からとされているが、しかしこれは家族はその脈拍を感じ頑張っていると信じている患者を、存《なが》えさせるべき医師たちがさきに死者として扱いはじめるという皮肉な時間が、臨終の場に生じていることを意味する。もし九年前、残業から逃れたがったあの小柄な医師が、君を早々に諦めさせようとしなかったら、君が大脳壊死を死と認めるのを拒むまでもなく強硬な延命措置は省略され、理沙はただ心停止の瞬間を待たされたかもしれない。呼吸はすでに停まっていたのだ。君が彼女の鼻腔脳波を知ることもなかったかもしれない。死――君の娘はその定義の水際に踏み止まった。死――君は娘と運命を分かち合おうとして、それと戯れるに至った。なぜ君は〈セッション〉に参加し続けた？　内心君は待ち望んでいたのではないか、自分が贄に選ばれる日を。死か生還かの緩やかなルーレット。そうやって理沙の未来を占っているつもりで、君はいたのではないか。しかし運命は君を盤上から弾き出した。箕面の死によって〈セッション〉が失われたあとの、強制的な病院暮し——人相が変わり果ててしまうほどの解毒の苦しみのなか、君の胸底を満たしていったのは意外な情熱だった。ざらついた苦悶の底で解体することなく堅牢な輝きを保ったのは、かつて憎悪していた父親の工場のにおいや騒音の記憶だった。あの場所に満ちていた、幼い君の爪先や指をたびたび傷つけた、硬く、冷たく、鋭く、質量に満ちた物体こそ、最も確かで原初的な価値のように感じられた。

退院後の君はもう、紙も木も扱わなくなった。それらは新しい君が成すべき長大な飛翔を支えるには脆弱すぎた。君の絵筆は蒼《あお》い炎を吐くバーナーに、カッターナイフは火花を呼ぶグラインダーに変わった。君の小品を雑誌の表紙や挿絵にしていた出版社は、この新しい作風をまるで歓迎しなかった。しかし新しいスタアを求めてやまない一部の評論家と、そのお告げに従いコレクションの拡大をはかってきた地方の美術館が、君に対してドアを開いた。やがてどういった経緯かイタリアの美術専門誌が君の作品を特集記事に組み入れた。金属を扱う東洋人なら誰でもよかったのかもしれない。取材らしい取材があったでもなく、ただ在伊の邦人と国際電話で話しただけだった。美術を分かった人物のようではなかったから記事は誤解だらけだったろう。作品のポジフィルムは美術館が勝手に選《よ》って送った。どの作品が掲載されたのかさえ君は長らく知らずにいた。雑誌は翌年になってから見た。取材にきた日本の美術誌の編集者が持参していた。いつしか君はたびたび取材を受ける立場になっていた――風に巻かれたように。博覧会、劇場、私立幼稚園、改装するデパートや飛行場のために、大掛かりな構成を頼まれる機会が増した。そのようにして君は天才と化していった。厳密には、自分を天才として定義しなおしていった。自分の作物に値段を付けるのは新奇な体験だった。かつては作品を撮影してもらい、そのいわばモデル料を振り込ませるばかりだったから。天才との風評が定着しはじめると、ふざけて口にした値もするりと通用するようになる。最初は薄気味わるく、世間がぐるになって自分を担いでいるのではないかとさえ思った。天才の作品だから高値？　間違って高値が通用したがゆえに天才の評価が定着した？　どちらだろう。すくなくとも君自身は、自分が吐き出す〈粗大ごみ〉の流通価格を法外に感じている。しかし量産できないのだから、毟《むし》れるところから毟ってくるほかない。一度も金持ちになったことがないという事実が、君をいっそう良心の呵責《かしゃく》から遠ざけている。相場に無知な会社がゼロの数を間違えたような額を振り込んできても、たちまち龍神の病院に吸い尽くされてしまう。なにも残らない。

　理沙は今でも自力では息をできずにいる。自発呼吸を失ったまま植物人間として存える例は、多くはないが皆無でもない。彼女はその稀有な運命を辿った。あの小柄な医師の方便どおりの奇蹟が起きたわけだ。幸運な奇蹟だったか否かは彼女のみぞ知る。ともかく理沙の世界は存続している——穏やかな夢想もしくは終わりの知れぬ恐怖として。龍神の綿密な検査によれば、理沙の大脳皮質はやはり大半が死滅していたが、脳幹は比較的健全な状態にあった。冬の海の低温が細胞の破損を抑制したようだ。彼女は自我を保っている。自我を支える機能は前頭葉の専売特許ではなく、脳幹にもあるのだ。十九世紀、ピエール・ポール・ブローカが、運動性言語野《げんごや》（ブローカ野）が言語に関する重大な役割を担っていることを見出すまで、脳は部位ごとに役割が違うという機能局在の考えは、むしろ異端だった。少なくとも大脳皮質は全体が均質かつ多機能らしいという大雑把な考え方が主流で、すなわち脳は、毀《こわ》れ続けるブラックボックスでしかなかった。脳の部位ごとにその機能を絞りこむ研究は、ブローカ以降の百年で大いなる進展をみた。しかし近年、運動を制御するとのみ考えられていた小脳による知覚情報処理や、裏腹にその欠損は大脳がおおむね補えるとの発見、成熟ニューロンが分裂しうるという発見、シナプスが簡単な条件づけによって移動するという発見などによって、脳がブローカの想像図を覆す、恐ろしく多機能な臓器であることが判ってきた。一度は明瞭に塗り分けられた機能地図が薄れ、曖昧になってきた。

小宇宙は再び、黒い匣《はこ》の中に収まりつつある。そういう時代において理沙は、新皮質の大半を喪失しているがゆえ逆説的に脳そのものとして、龍神たちに新事実を告げ続けている。この夏、十六の誕生日を迎え、君からの贈り物がまた彼女の部屋を狭くした。いずれ病院から、大きな作品はやめてくれと頼まれるだろう。夏が近づいてくるとそわそわと、どうしても彼女への贈り物を創りたくなる。彼女は君の木製の大作「さいわいの竜」のファンだった。グループ展のあと保管場所に困って地元の小学校に寄贈したが、学校側も置き場所に困ったらしい、それは校庭の隅の防災用貯水槽の上に展示——放置された。まだ廃棄されていないとしたら悲惨な状態になっていることだろう。娘への毎年の贈り物は、君が金のためではなく愉しみで拵《こしら》えている、唯一の連作といえる。もし彼女が健常に育っていたなら迷惑がられたに違いない——だって彼女はもう高校生なのだから。欲しいのはアクセサリーやバッグだろう。パソコンだろう。なにより多機能付きの携帯電話だろう。そっと枕元に置いておいたら、いつか君の電話にメールが届くだろうか？

　理沙は眠ったまま成長を続けているが、その速度は遅々としている。未だ十歳児並みの身長と体重しかない。贈り物を君が考えなおせずにいる理由の一つだ。小さなタイムマシン。喉にも腹にも孔を穿《うが》たれた身に、無数のワイヤーとチューブを纏い、剃りあげられた頭にはエレクトロキャップを被って、明るい夜のように澄んだ眼で宙を見つめる永遠。君の妻は仕事を辞めて、三年間、娘に付きっ切りでいた。ある晩、君の贈り物の一つを振りまわし、理沙の生命維持システムを破壊しようとして、看護師たちに取り押さえられた。彼女が振りまわしていたのは鉄のチェロだ。理沙はいつかチェロをやりたいと云っていた。君の妻は精神鑑定ののち、一旦はしかるべき病院に収容されたが、今はより軽症者のための施設で暮らしている。悲嘆や看護疲れのストレスよりも、抗不安剤のたぐいの過剰摂取によって毀れた部品のほうが多かった。そしてそれからは彼女もまた、歳をとらなくなった。君が面会に行くたび痩せていたり太っていたりするが、ふしぎなほど何年も同じ顔つきでいる。

君だけがこちら側にいる。君だけが変わっていく。

落下感はいつしか重力が捻れるような感覚に変わり、落下しているとも上昇しているとも、また宙を横滑りしているともつかなくなった。握りしめていた拳《こぶし》に龍神の冷たい手の感触を得て、君は目を開く。君も〈彼女〉も一切の積み荷も、車上にあった。馬車は新宿公園の脇にあり地面には青黒いアスファルトがあり、そして馭者は、公園への階段の上がり口に突っ伏していた。龍神が馬車から降りて駆け寄り、君ももたもたとその後を追う。馭者は心不全を起こしていた。彼は墜ちたのだ。龍神が心臓マッサージを始めた。君は携帯電話から一一九番に連絡した。電話は通じたものの、救急車が来たのは一時間も経ってからだった。救急隊員はみな憔悴《しょうすい》した顔つきでいた。馭者の心臓はとうに停止していた。隊員は警察を待つよう君たちに指示し、郵便物でも扱うような手際で遺体を自動車に運び込んでいった。龍神は階段にしゃがみ込んだ。諦めがつかない様子だった。

「畜生、医者がそばにいながら」君が初めて聞く、白衣のときと女のときの中間のトーンだった。

「患者が死ぬといつも泣くのか」

「当り前でしょう」

「慣れきっていると思っていた」

「慣れたら医者失格だよ」龍神は洟《はな》を啜りあげた。「最後に変なこと云ってた」

「なんじゃらほい」

医師は君を見上げた。マスカラが流れて頬に縞模様が出来ている。「口癖かな」

君は首を傾げる。

「友達なのに」

「ただの隣人だよ」そう云い放ったさきから、咽に熱い塊が込みあげた。息を止めて怺《こら》えようとしたが視界はひとりでに滲《にじ》む。君は路面を見つめながら歩道を横切り、馬車の傍へと戻った。ゴーストの前に立ち、すまない、と詫びる。巨馬のまなざしは穏やかだ。なかば鬣《たてがみ》に被われたその眼は、事態への理解と諦観を示しているかに思えた。ふと重々しい雲が途切れて、陽光が地面を照らしはじめる。君は一帯に視線を巡らせ、自分を取り囲んでいる新宿が、長年見慣れてきた〈現実〉の様相そのままであることに気付く。動いている車影も人影もないが、少なくともこれまで通過してきたような異景ではない。ゴーストとの共鳴ゆえか、それとも魔法の期限切れか。君は不安にかられて馬車から離れる。それまで馭者のことで頭が一杯で、遠景にまで気を払っていなかった。一段ごとに右足と松葉杖を揃えながら階段を上がっていき、公園の敷地から一帯を見回す。都庁や他の高層ビル群が、〈現実〉とは懸け離れた壮麗さに、多彩さに、奇怪な歪曲に満ちた、あたかも山脈状を呈しているのを確かめ、安堵する。理沙。途端に立っているのも厭になるほどの疲労感を意識した。君はコンクリートのベンチを目指す。前方の木々の向こうに褐色の塊が浮かんでいる。ぎょっとなったものの、やがて口の中で呟いた。やあハンニバル。

「龍神」君はコートに重ねていたウィンドブレイカーを脱ぎ、階段の下の医師へと放った。上着は空中で膨らんで失速し、中途半端な場所に落ちた。「ハンニバルがいる。ちょっと彼に話しかけてくる」

「下手に動きまわらないほうがいい。どうやって会話するっていうの」

「ハンニバルは知的なんだ。ただ臆病なだけで」

〈彼女〉は途方に暮れたように、頭を左右に揺らした。「また〈砂嵐〉が来たら」

「じっと通り過ぎるのを待つ。そうだろ？」

「深追いはしないで。木根原さんを呼び立てたことを後悔してる。理沙ちゃんと交信できると思って、私、どこか有頂天になっていた」

「理沙は悪くない」

「分かってる」

「悪いのは俺だ」

君は公園を進む、疲れきった右脚とアルミニウムの左脚で。

ハンニバルの姿はすでに見当らない。公衆便所の前で君は獣じみた怒声を耳にする。声は便所の裏手から響いてくる。君は方向転換して様子を覗けそうな木陰へと向かった。花壇を隔てたところの日陰の湿っぽい土の上で、七、八人のホームレスが乱闘しているのが見えてきた。二組に分かれているのかもしれないが、君の目には全員が全員を敵視し合っているとしか映らない。素手の者も、建築資材らしい鉄棒やシャベルを振りまわしている者もいる。見つかれば巻き込まれるだろうという予感があるのに、ふしぎと君はぎくしゃくした活劇から目を離せない。猛々しい蛮族の戦《いくさ》だというのならともかく、君の目に映っているのは酒に酔ったへっぴり腰と千鳥足の群舞《ぐんぶ》に過ぎない。君を本当に釘付けにしているのは君の心の中の舞台だ。君を構成する無数の物語の一つだ。君はそれに葛藤《かっとう》という凡《ぼん》庸《よう》な題名を与える。最も声高《こわだか》に叫びながら敏捷《びんしょう》に暴れていた男の顔面に、鉄棒がよこざまに命中する。男は地面に崩れた。三、四人が嬉々としてそれを囲み、得物《えもの》で殴ったり靴で蹴ったりしはじめる。呆然となっていた残りも、やがてその輪に加わる。あのぶんではじきに殺してしまうだろう。君は不意に興味を失い、木陰を遠ざかる。彼らもハンニバルのごとき幻影だろうか、それともまぼろしの花壇の向こうに垣間見えた〈現実〉だろうか。考えながら歩いたが結論は出ない。草の間にごつごつした灰色の石が顔を出している緩斜《かんしゃ》面《めん》を下り、ハンニバルが姿を隠したと思《おぼ》しい木立を抜け、上を見たり左右を見回したりしたが、どこにも褐色の胴体は見出せない。君は彼の痕跡を求めて歩きまわった。公園は荒れている。丈高《たけたか》く青々と群れ生えた雑草が本来の季節を叫び、軀の内側にむんとした真夏の熱気の錯覚が生じる。皮膚感覚との落差に君は総毛立つ。

草陰に白い服を着た人がしゃがんでいる。見つめているうちどうも彫像らしいと判ぜられた。厭な予感にかられながら近づく。するとそれは人でも彫像でもなく、岩だった。溶解浸食の鑿《のみ》で複雑に彫り起こされた石灰岩だ。新しい異景に包囲されてしまったことに気付く。見回せば、草陰という草陰に白い岩はある。君はカレンフェルトに立っている。カルスト地形には雨の浸蝕によって生じた無数の穴が隠れていると聞く。下手に動きまわっていたら墜ちるかもしれない。厄介なことになった。太陽は再び厚い雲の向こうに姿を隠してしまい、景色はこれまでになく昏《くら》い。風もいっそう冷たい。君はコートを深く合わせて腕を組み合わせ、ウィンドブレイカーを置いてきたことを悔やんだ。松葉杖の先で草の下の地面の感触を確かめながら、そろそろと後戻りを始める。やがて地面に人を見つけた。女が一人、空想上の、あるいは〈現実〉の陽光に身を浸しているかのように、大の字になって地面に寝転んでいる。屍体だろうか。君はその頭に近づく。顔を逆様に見下ろして、ゆうべ吉祥寺のホテルのラウンジに居た女だと思い当った。服装も同じだ。動悸がした。女は目を閉じたまま微動だにしない。君は松葉杖を外し、倒れこむように草上に左手を突く。おい、と声をかける。女の胸が上下した。屍体ではなかった。女は目を開いて君の顔を逆さに見つめた。驚きの色はない。逃げようともしない。唇には薄い笑みが泛んでいる。手首に繃帯《ほうたい》した君の右手が、その指先が、女の頬に触れる。頬は冷たい。女は頭を持ち上げて傾け、君の指先をぺろりと舐めた。軽愚《けいぐ》だと直感した。仄《ほの》かに懐《いだ》いていた、こういう顔をした女こそ自分の理解者たりうるという期待を、一瞬は裏切られたと感じ、いや、より相応しいと即座に思い直した。頭を下げて彼女のにおいを嗅ぐ。多少は覚悟していたものの悪臭はまったくなかった。若い女に独特の、花の蜜に似た香りがするばかりだ。女は目を閉じない。顔の表皮が若々しい立体感に満ちている。君は両膝と左手で体重を支え、逆様の唇の薄い皮膚に顔を近づける。はは、と声を出さずに女が笑う。吐息が顎をくすぐる。女は自分から君の唇に吸いついてきた。君はいっそう頭を低め、口を開き、舌を伸ばす。女の唾液はなんの味もしなかった。君の唾液と同じ味だということだ。空恐ろしい思いつきが君の頭を掠める。理沙？　名状しがたい、くろぐろとしたものが君の胸中を満たし、落下幻想のなかで体験した重力が捻れるような感覚がまた蘇ってきた。女は必死のでいで君の口を啜っている。ユキとの接吻とはまるで違う、脳髄《のうずい》を直接まさぐられるような接吻だ。君は女と舌を擦《こす》り合わせながら、相手の顔がよく見えるように膝歩きで軀の向きを変えた。女の両手がうなじに絡む。君はバランスを失い草の上に肘を突く。囚《とら》われた。役立たずの右手が女のブラジャーをまさぐる。その向こうに乳房の重みは感じられない。

未発達だ。それでも意識から乖離《かいり》したその動作は火花のような痛みを招き、痛みは陽物の勃起を促進した。女の手がズボンに吸い付いてきてそれを奇妙な角度にねじ枉《ま》げようとする。まぼろしだ。まぼろしめ。君は女に身を重ねて胸でその華奢《きやしや》な胴体を抑えつけ、唇を重ねたまま左手で次々に女の衣服を開いていく。手に力がこもるたび布の裂ける音がし釦《ボタン》が四方に弾け飛んでいく。君はショートしている。そうしてしまいたいという閃《ひらめ》きがあり、思索《しさく》があり、その結果として行動が決定されるはずなのに、前提のところで軀が勝手に動いてしまう――まるで古代脳以外を喪《うしな》ってしまったように。左手がスカートを乱暴に捲《まく》り上げる。

女はストッキングを穿《は》いていない。本当に小娘なのだ。ショーツの脇から指を入れて性器に触れる。女には陰毛がない。まるでない。そして陰唇《いんしん》の間は冷たく濡れている。女は大気に溺れているかのように激しく喘いで、いっそう熱烈に君の舌を吸い、唾液を啜りはじめた。閃きに従順な左手がズボンのファスナーを下ろし、背徳感に撫でまわされて異常なまでに膨張した男根を解放する。やめろやめろやめろやめろ理沙だ理沙だ理沙だと理性がお座なりな警告を発するも君はすでに確信している。なにが起きようと自分はこの呪わしい姦淫を貫徹するに違いないことを。君の理性はしばしば、飛び切りの低劣さを発揮する。危機に吸い寄せられがちな君の肩を摑んで引き戻すという本来の機能を欠いている。赤ん坊のように手足を縮めて泣き喚《わめ》いて君の五感をささくれさせるのがせいぜいだ。女の肉は……滑《なめ》らかだ。意識の上層では猛々しい葛藤劇を展開させながら肉体は追想のような、煙のような滑らかさで女の胎内《たいない》へと潜り込んでいく。君は嬲《なぶ》り殺されていくホームレスに共感している。勝利者はあの男だ。皮膚の至るところで小爆発が起き、その凄まじさに君は身震いする。至上の甘露《かんろ》。地獄の釜の煮え湯。理性の長い長い長い歌うような悲鳴。男根だけではなく軀全体が女の子宮に恋い焦がれて、逃げまわる赤い肉を裂き、断面を覗かせた細胞に、遺伝子に、再び融合し還元されたがっている。永遠に。中心へ。中へ中へ中へ中へ。止まれ。已《や》めろ。高性能の車で自暴自棄なドライヴ。後ろ向きの重力。逆落下。闇を踏め。鎔《と》けろ。終われ。一緒に死のう。曲芸の時代が終わる。灰になる。悔い一つ残らない。君の左手が女の頸を絞めあげる。女は藻掻《もが》く。間もない射精の訪れを見通した君は、そこで卒然と、女の肉の弛《ゆる》みに心付く。女の眼は虚空に向けられたまま揺らがない。舌にも力がない――無い。君が一方的に吸い上げているだけの、それは死人の舌だ。最初から屍体だった？　肌は温かい。全身の血が逆流し、額を汗が被いはじめた。いや生き返る。人工呼吸。心臓マッサージ。君はようやく女から脱した。恐怖に縮みあがった男根をぶら下げたまま、女の口腔《こうこう》に息を吹き込み、それを繰り返し、なにも起きないとなると今度は、龍神が馭者に対しておこなっていたマッサージの動作を真似た。屍体が踊る。時間が過ぎる。

　下草に突いていた膝が鼓動のようなものを感じ、生き返ったかといったん女の胸から手を離したが、やはり屍体のままだ。鼓動でも地震でもなく、これは四つの蹄が地を蹴るリズムだと気付く。君は腰を伸ばして膝立ちする。起伏に満ちたカレンフェルトに、いつしかワゴネットを牽《ひ》いた巨馬の姿があった。片手を上げた龍神が露払いを務めている。手綱を肩に掛けていた。〈彼女〉もゴーストも馬車も内部に電球を仕込まれたような輝きを纏い、草の間から羊の背のように覗いた石灰岩をものともせず、君のほうへと直進してくる。岩々は実際に羊のようにのそのそ左右に移動してゴーストに道を譲った。龍神が止まり、馬車も停まる。

「頼みがあるんだけど」〈彼女〉は君に声を張る。「そのぶら下がってる可愛いのを隠してくれないかしら」

君は女から抜いたままだった男性器のことを思い出し、震えがちな左手でズボンの中に収めようとする。俯《うつむ》いた君の視界に、女の屍体はなかった。夏草と小石のほかに目に入るものといったら、雨と陽光に晒されて巨大な干肉《ほしにく》のようになった、男性週刊誌だけだ。水着の女のグラビュア。しかし頸から上が千切れている。龍神が近づいてきた。

「いったい何時間待たせるの、警察も貴方も。電話は通じないし、もう」

「何時間？」

〈彼女〉は左手のロレックスを覗き、「二時間半。さっさと松葉杖を着けて馬車に乗る。こうなったら私が四谷まで引いていくから」

「ホテルのラウンジで隣のテーブルに居た女を憶えてないか。あれは」君は口籠る。

「なにがあったか当ててあげましょうか。貴方はここでその女を抱き、そして殺した」

「見てたのか」

「抱いたというのはズボンの前が開いていたから。殺したというのは」〈彼女〉は地面の松葉杖を拾い先端を君の鼻先に突き出した。「貴方が体験したのは恐らくアニマとアニムスの捻れた邂逅《かいこう》であろうという仮定に、貴方の心的傾向を考え合わせての演繹《えんえき》。ホテルで初めて見た女なんでしょう？　ユング流に解釈するならばそれは貴方のなかの女性性、すなわちアニマ。アニマの否定は男性にとって通常のことだから安心なさい。その歳でというのは幼稚な気もするけれど。アニマ否定が子殺しのイメージと重なったのね。でも人を殺す夢は次の段階に進もうとしている徴《しるし》、貴方が九年めにしてようやく理沙ちゃんのことを直視しはじめた徴」

「夢と呼ぶのか」君はポケットを探り硝子玉を取り出す。「じゃあ雪が降ったのも馭者さんが死んだのも、このシーグラスも君は夢と呼ぶのか」

「さきに話の次元を整理しましょう。我々は今、脳内の想念よろしく泛んでは消える重層的なまぼろしのなかを進んでいる。粛々《しゆくしゆく》と〈現実〉のライン上を歩んでいるのがゴーストで、そこから最も逸脱しがちなのが貴方。私はその中間でしょう。奇妙な鳥やその硝子玉は基本的に同列のヴィジョンと考えていい。降雪については断言できないわね。〈現実〉の異常気象とリンクしていないとは断言できない。馭者さんの死は、ゴーストの傍らからさえ彼の気配が失せている以上、私たちの実感どおり〈現実〉側の事項と見るのが妥当でしょう、残念ながら。しかし突き詰めれば類推でしかありえない彼の生死とは異なり――」ふと〈彼女〉は景色を見渡し、溜息をつきながらかぶりを振って、「カレンフェルト。秋吉台？　平尾台？」

「理沙が知ってるのは秋吉台だ。妻の実家が岩国で」

「リアルなはずね。さっきの、その硝子玉を夢と呼ぶかという質問に答えましょう。はい、その通り。それは夢であり泡沫《ほうまつ》に過ぎない。しかし同時に――あたかも逆説的だけれど――理沙ちゃんの健在という〈現実〉の確実な影でもある、このカレンフェルトやその向こうに見えるビルの山脈や、ハンニバルと同様にね。だけど木根原さん、それ以上の理《ことわり》をこの世界に期待するのは、ちょっと感傷的すぎないかしら。カレンフェルトで古雑誌を抱いた次はどこで何を抱くの？　エッフェル塔の天辺で蝙蝠《こうもり》傘でも？　真剣に忠告するわ、もうゴーストから離れないほうがいい」

「まだハンニバルと接触してない。彼は使者だ、それは認めるだろう。理沙はなんらかの方法で俺と対話したがっている」

「貴方や警察を待ちながら考えていた。彼女を駆り立てている情動を、ただ無分別なだけで基本的には無邪気なふうにイメージしていた私たちは、楽観的すぎたかもしれない。どす黒い怨念に満ちていないとなぜ云いきれるかしら。脳幹ばかりが異常発達した七歳児に、それを制御できるとも思えない」

「十六歳だ」

「一面においてね。だから性衝動に満ちてもいる。いま新宿をさまよっている貴方は理沙ちゃんにとって、父性を感じさせる見知らぬ男——アニムスに過ぎない。女性はおおむねアニムスに対して肯定的なの。彼女が貴方を父親と認識しているだろうというのは病院での話、音声レベルの話であって、いつでもどこでも父親扱いしてもらえるなんて考えるのは、甘い」〈彼女〉は再び松葉杖を突き出し、「ゴーストと一緒に病院に行きましょう。貴方なら彼女の部屋に入れる。話して聞かせたいことがあるなら、直接、彼女の小さな耳に」

小さな耳の向こうは壊死した大脳だ。脳幹は君の言葉を解さないだろうし、君に話しかけることもない。むろん龍神は詭弁を承知で君の身柄を確保しようとしているのだ。君は松葉杖を左の膝に装着し、立ち上がる。馬車に近づいていくと、ゴーストはそれ自体が獣の背のように見える長大な頭をもたげた。〈現実〉の日射しを浴びて立つその姿は、細やかな乱反射に包まれて美しい。しかし君は、すぐさま歩みを止めた。そう〈現実〉の量感に意識を向けたあとたれば滑稽なほど立体感に乏しい、褐色の塊がゆっくりと空を辷《すべ》っていた。七本の肢を恐ろしく複雑な順序で入れ替えてカレンフェルトを渡っていく。「病院には独りで行ってくれ。あとから追う」

君は曠野《こうや》に進み出る。龍神の罵《のの》りが聞こえる。ハンニバルはやや進行方向を転じた。君は追う。最後に理沙の治療室に踏み入ったのは何週間前だったか。ほんの十分かそこらの面会。昔は何時間でも坐っていられた。それが今は出来ない。九年の歳月は君を一廉《ひとかど》の芸術家に仕立て容貌や立ち居まで一変させたが、その間の微妙とさえいえる理沙の変容を、成長と見做《みな》すのは感覚的に難しい。大脳を失い代わりに脳幹を異常発達させた七歳児――龍神の云い種《ぐさ》は酷いほど的確だ。君は間違いなく彼女を愛している。だが彼女が今の状態に陥ってからというもの、畏怖の念は嵩《かさ》み、今では彼女が胎児だった頃にも等しい。君は妻の妊娠を歓迎せず、堕胎《だたい》を示唆さえした。いっそうの貧困への恐怖と、憎悪のリレーの予感。自分が親に対して燃やした憎悪に今度は自分が晒されるような気がした。しかし妻は断固として彼女を生み落とし、お蔭で君まで父親として生まれなおす羽目になった。腕の上の二千八百五十グラム。赤い皮膚に包まれた遺伝的後継は君の心をとろけさせはしなかったが、相手の正体を確認できたことで恐怖心はいくらか薄れた。それは身をよじって君の腕のなかを厭がった。君の怖じ気を感じて鏡よろしく跳ね返してきたのだ。君は笑顔をくずさぬように気をつけながらそれを妻の手に返した。名前は妻が産むまえから用意していた。医院からの帰途、呼び掛けられたと云って。通りかかった幼女に、りさ、と。振り返ったが路上には誰もおらず彼女は、子宮の娘が名乗ったのではと想像を逞しくした。本人の弁によれば、「気付いたの」

梨紗《りさ》、璃砂《りさ》、莉然《りさ》……次第に名前らしさを失っていくメモ書きに君は当惑したが、彼女が内心で選んでいたのは最初から「理沙」だった。理科の理だったら一年生から書けるでしょう？　実際には一年早かった。間もなく沙の筆順も覚えて早書きできるようになったから、自分の名を「理さ」と書いていた期間でさえ一个月《か》に満たない。子供にしては無口。玉蜀黍アレルギィ。折紙《おりがみ》好きは君から継いだ形質に違いない。

二歳のとき肺炎で死線をさまよった。冬の早朝、制作〆切の間際で四十時間近く寝ていなかった君の鼓膜を、妻の悲鳴が貫いた。理沙が発する尋常ならざる高熱があげさせた声だった。君は素早く上着をきこみ、妻が妊娠してから中古で買ったカローラをガレージから出した。病院まではさして遠くない。救急車よりも早い。君は自分でも不思議なほどシリアスな思いにかられていた。なぜ自分以外の存在に対してこうも深刻になれるのだろう。なぜ軀が勝手に動いているのだろう。ハンドルを握った君の顔は疲れを知らぬかのような厳しさに満ち、背中は燦然《さんぜん》たる慈愛の輝きを放っていたはずだ。後部座席で妻に抱えられている理沙に、君は途切れることなく語り続けていた——彼女がいずれ直面する無数の幸運と困難について。育児を避けがちだった君は幼児言葉に不慣れで、だからその話しぶりはまるで、無口な友人と電話でもしているようだった。橋の途中で車が流れなくなった。振り返ると朦朧となっていたはずの理沙は、鼻まで被った毛布の向こうからじっと君を見返している。前の車はなかなか動きださなかった。あと一キロ。ラジオを付ける。事故渋滞。待たされたといっても先日の調布とは比較にならない。反対車線はきれいに空いているというのに、そちらに逃げていく車もいないほどだ。しかし君の妻には長過ぎた。走る、追いついたら乗せて、と云い理沙を抱えたまま歩道に飛び出していった。畜生。君も運転席を離れてそのあとを追う。追いついて併走しながら両腕を差し出し、俺のほうが早い、車で追いついたら拾ってくれ。妻は納得した。久しぶりに娘の体重を味わう。重くなった。細い手が頸に絡みついてきた。君は駆ける、荒い呼吸に物語を挟みながら。理沙は聴いている。ときどき腕で反応する。君は初めて彼女が自分の語りを大好きだという事実を知る。物語のなかで彼女は成長を続けた。中学を卒業し、高校に通う美しい娘になり——。最初からうまくいっていたわけではなかった。そんなふうにすこしずつ、君たちは互いの距離を縮めてきたのだ。最初から親子だったわけではなかった。ハンニバルはときどきフィルムを巻き戻しているように肢の動きを反転させた。方角に迷っているようにも、君が追いつくのを待っているようにも見える。急ぎたいのだが走るような動きをすると、枉げたきりでいる左の膝が悲鳴をあげる。シリコンゴムの爪先はうまく体重を吸収してくれない。ふとそれが宙の感触を捉える。カレンフェルトの縦穴だ。墜ちる。君は横方《よこざま》に転倒し、腰の高さに連なった石灰岩に顔と肩とをしたたかぶつける。岩は甲高い金属音をあげて左右に崩れた。

複数の手が君を路上に引きずり出す。上着を探られている。野卑《やひ》な口調の会話。目を開けるのが億劫《おっくう》なので為されるがままでいた。声が遠ざかる。口論が始まる。オートバイのエンジン音。

「先生」聞き覚えのある声が降ってきた。君はようやく瞼を開く。トキオは抱きつくようにして君の身を引き起こし、向きを変えさせた。「もうすこし後ろに。電柱があるから」

君は後ずさった。背中が電柱に触れた。ふらふらと角度の定まらなかった松葉杖も安定した。君は路地を満たした黄昏《たそがれ》の底にいた。放置自転車が将棋倒しになっている。なんのことはない、排水溝に杖を突っ込み、自転車の間に飛び込んだに過ぎないようだ。顔に触れると眉の辺りと頰に裂傷があり、額には瘤《こぶ》が出来ていた。指に乾いた血が付いた。腕や肋骨に触る。骨折はない。君は辺りを見回して、「どこだ」

「二丁目」トキオは君に財布を差し出した。「現金は取り返せなかった。カードは残ってる」

「仲間か」

彼は眉をひそめて頷いた。「病院に行く？　それとも飲みに？　わるいから奢《おご》るよ」

「七本脚のでっかい蜘蛛を見なかったか」

小首を傾げ、微笑する。レジェ顔に変わりはないが、初対面のときよりは目鼻だちがくっきりして見えた。「木で出来てるみたいな不格好な竜が飛んでくのなら二度見たけど。

路を巡回するみたいにうねりながら」

「悪かったな。それはさいわいの竜だ」

「先生が創ったの。え、そういう仕事？」

「昔の作品だよ」

「どうやって飛ばしてるの」

「俺が飛ばしてるんじゃない。変わった自動車でも見たように云うんだな。自分は発狂したとか、世界が狂ってしまったというふうには思わなかったか」

「世界なんて昔から狂ってる」と昔など知らないくせに断言する。「ＬＳＤ《エル》もやってないのに変だなあとは思ったけど、あんな程度でいちいち愕いていられないよ」

「電車がずっと停まっているだろう」

「まだ停まってるの？　どうりで街ががらがらだと思った。どうする？　飲みにいく？」

「椅子があればどこでもいい。すこしだけ身体《からだ》を休めたい」

「うちおいでよ。今日仕事ないから。狭いけど眠れるよ」

「いや、眠ってる暇はない」

「どこに行くつもりだったの」

君は答えられない。トキオは、待ってて、と云い君から離れる。季節はずれの革ジャンパー。君は松葉杖を外して点検する。大きな擦傷が付いていたが曲がってはいない。うまく転んだものだ。ヘッドライトをぎらつかせたホンダのオートバイが路地に入ってきた。君の鼻先で停止する。運転者がヘルメットのシールドを上げる。「乗って」

夜気は真夏のぬるさを恢復している。理沙の意識が海中の記憶から遠ざかっている。少年の背中にしがみついて生暖かい風を浴びながら、いま自分は自動車と同じくらい危険な乗物に身を預けているのだと気付く。しかしこれで死ぬのならどうやっていても死ぬだろうと思わせるような、ゴーストの牽引ばりの安定感がトキオの猛スピードの運転にはあった。ゲイタウンでは平時と変わらぬ数の人影を見た。しかし街道は不気味なほど静かだ。たまに動いている車を見るとぎょっとする。路上駐車が極端に多い。事故を起こしたまま放置されている車も何台か見た。

トキオの部屋は、新大久保と高田馬場との中間辺りに位置するささやかなワンルームだった。ベッドも家具らしい家具も、テレビも無い。にもかかわらず青白い蛍光灯のあかりに陰翳を奪われた室内は、冷蔵庫の中のように狭苦しい。マットレスを直接床に敷いて寝床にしてある。その周りに本や衣類を積み上げている。君はコートを脱いでマットレスに腰を沈めた。壁の低い位置に画鋲で絵が留めてあった。ボール紙に貼った雑誌の切り抜きだ。悔悛するマグダラのマリア。

「これは」ガス焜炉《こんろ》の前から戻ってきたトキオに問いかけながら、君は相手の頬に青痣《あおあざ》を見て取る。「このあいだは、すまなかった」

「顔、これで拭いて」彼は湯に浸して絞ったタオルを君に渡した。「なんか貼っとく？」

タオルの感触は沁《し》みたが、指で触れると傷口は凝固しかけている。「いや、いい」

少年はたばこを咥えて火を点け、「そういう客も少なくないよ。その絵好き？　人に貰った雑誌に載ってたの、いいなあと思ってその頁だけ取っといたんだ。なんか好きなんだ。見てたら落ち着く」

「誰の絵だか知ってるか」

「端に載ってたけど、切っちゃったから分からない」

君は壁の絵に見入る。マリアが胸に当てた右手の、薬指と小指の間に覗いた三角形の白い肌が君の心を捕らえた。限界に達しかけていた緊張が、ほぐれていくのを感じる。それは乳房という概念の効用であって、べつにマリアの乳房ではなくとも、それこそゴーストの乳房でも同じだと思えた。慈悲に形を与えたなら乳房の形でしか有り得ない。君の妻にはそれがある。ユキにもある。理沙にはない。龍神にもトキオにもない。ブラジャーで仮想の乳房を包み続ける龍神の心理が、なんとなく理解できたような気がした。トキオの胸がまるきり平坦であることには違和感をおぼえる。

「お風呂どうする？　足がそれじゃ大変か。どうしたの」

「事故だよ」タオルを座卓に置いてマットレスに横臥《おうが》する。衣類の山を見て、「ブラジャーは持ってないのか」

「パレードで仮装したときのならあるけど」彼もマットレスに腰を下ろす。君はその腰に片腕をまわし、「料金の交渉をしないと」

「財布空っぽじゃん。また呼んでくれればいいよ」

「ブラジャー付けてみないか」

「やだよ、恥ずかしい」

「なぜブラジャーという語感はユーモラスに響くんだろう」

「世代じゃない？　僕にはスパナやラジエイターの仲間みたいに聞こえる」

「スパナね、スパナか。俺の友達はいつも付けてるよ、スパナじゃなくて——いや、そっちも身に付けていかねないが、ともかくトランスヴェスタイトだ」

「あの人たちって解らない。ブラ付けて女になれるわけじゃないのに」

「べつに女になりたいわけじゃないだろう、本当のところは俺には分からないが。お前、女になりたいのか」

彼はしばらく考えたあと、「それ、アメリカ人になりたいかってのと同じだと思う。だったら話が早いっていうか、楽かなって思うこともないわけじゃないけど、きっと出来なくなることも多いだろうし。先生は？」

「俺に訊くか」君は失笑する。「俺は——考えたこともなかったな——もし女に生まれていたらずいぶん不幸な人間になったと思うよ、こういう性格じゃあ。お前なら幸せになれたろうね」

「そうかな」

「おっぱいも似合う」

「ばーか」

「きっと気風《きっぷ》のいい男と結婚して、相手によく似た可愛い子供を産むんだ」

「そんなの産みたくないよ。産みたいとしたら」彼は言葉の続きを呑み込む。

「なんだ」

「教えない。うまく説明できないし」

　君は少年とくちづけを交わす。どうする？　と訊ねられたが、返事を考えているうちに瞼が下がってきた。長々と気を喪っていたはずなのにまだ眠い。タオルケットを掛けられる感触。乳房を有したトキオのイメージが君を暖かく包む。君は眠りに引きずり込まれながら、得意の益体《やくたい》もない講義を披露しはじめる。題して「二十世紀、乳房はいかにして解放を免れ、かつ新たな拘束を獲得したか」もしくはブラジャー史概論。龍神からの請売《うけう》りを多分に含んでいる。解放を免れたがゆえに求心力を保ち、のみならず本来隠匿《いんとく》の習慣を持たない民族にも強い憧憬《しょうけい》を植え付けえた、乳房のパラドクス。お蔭で君は未だブロンズィーノで自慰できるし、エル・グレコで安らげる。龍神をからかえる。

「男として、人間として、今さら選べるものならば、俺はコルセットを取る。しかしブラジャーの威力には平伏《へいふく》せざるをえない。頭に突きつけられた銃を誰が否定できる？　コルセットが蛹《さなぎ》ならブラジャーは毒蛾だ。二十世紀を跳梁《ちょうりょう》した残酷な女神だ」

表向き、コルセット最大の危機は一九〇六年、パリはオペラ座の近くで起きたと云われている。壮麗王ポール・ポワレが、体型を隠すドレスを上流階級に向けて発表した瞬間だ。その名もローラ・モンテス。名うての高級娼婦と同名で、すなわち下着の不要、付けるにしても略式で充分なことが示唆されていた。ポワレというのは作家で画家で役者で興行師で調香師で……と肩書ばかりが多い俗物だが、真に擢《ぬき》んでていたのは、コルセット殲滅《せんめつ》の提唱で間接的に殺した人間の数だ。これにはマンハッタン計画に加担した学者も敵《かな》うまい。残酷な女神を賛美した最初の司祭といったところ。

ブラジャーの原型は、当時すでに出来上がっていた。ポワレの時代、上流の貴婦人たちは秘かに上下に分割されたコルセットを付けて、食事前に下半分だけを取り外していたし、アメリカでは十九世紀末、メアリ・トゥセクという天才が、現代のものと寸分違《たが》わぬ完璧なブラジャーを発明し特許を取得している。ブレスト・サポーター。しかし先進的すぎて商売にはなってはいなかった。エリック・サティの音楽みたいなもんだ。新しさはみな分かっても、どう使えばいいかはコクトオやピカソしか思いつかなかった。ブラジャーの本格的流行には更なる箔《はく》付けと、死の商人たちの後押しが必要だった。戦争が最も広めた衣料は、トレンチコートでもTシャツでもない。ブラジャーだよ。

一九一四年、米社交界の花メアリ・フェルプス・ジャコブは家政婦に命じて、イヴニングガウンの下に付ける乳当てを縫わせた。材料は絹のハンカチとピンクのリボン。トゥセクの発明がミサイルだとしたら、こちらは風船爆弾って程度だ。だがコルセットの骨が透けない彼女の装いは社交場で受け、同席者たちは秘密の下着を欲しがった。重要なのは欲しがっているのが猿ではなく、少なくとも猿山の上のほうの連中だったことだ。自分の気紛れが歴史を変えうると予見したジャコブは、その短い腹掛け状の衣料で特許を取得する。なぜそんな代物が特許の対象となりえたのかは謎だ。しかし三年後、同特許はワーナー兄弟コルセット社に千五百ドルで売れた。換算すれば三百万から五百万円といったところか。社にとって格安の買い物だったことは間もなく立証された。まさに直後、軍需産業の委員会が金属確保のため、全米女性に対しコルセットの不買を呼びかけたんだ。

これが真のコルセット危機で、しかも市場には代用となる上流階級御用達《ごようたし》の下着があった。この原始的ブラジャーは売れに売れた。コルセットに使われるはずだった二万八千トンの金属は軍需産業に流れ、兵器と化し、能力相応の数の兵士と民間人を虐殺した。第一次大戦は大量殺戮《さつりく》兵器の発表会だ。また女性に工場勤務を強いた初めての戦争でもあった。動きを制限しないブラジャーは生産効率を上げ、ブラジャー圏の国々によるいっそうの殺戮を促した。二つの大戦に跨《また》がる三十年間に、ワーナー社がブラジャー特許から得た金は、千五百万ドル以上に及んだという。ジャコブに支払った金の一万倍、当時の世界経済の規模を思えば、これはマイクロソフトが扱う数字にも等しい。

二十世紀が築いたのは虐殺体の山脈、そしてブラジャーの海だ。無差別殺戮、冷戦、核の脅威、環境破壊、テロルに内戦に、経済破綻《はたん》。二十世紀の絶対的勝者は？　ブラジャーだ。快進撃は今も続いている。今やパミール高原の少数民族の小娘だってブラジャー選びに頭を悩ませている。ふうん、とトキオが気のない相槌《あいづち》を打つ。本当は知らん。行ったこともそういう女を抱いたこともない。ふうん。トキオは君に背中を向けてブラジャーのホックを留めている。やっと乳房の存在を認めたようだ。トキオ。トキオ。トキオ。トキオ。はにかんでか、なかなかこちらを向こうとしない少年の名を、君は幾度となく呼んだ。少年は膝に置いた何かを撫でている。なんだろうと軀の位置を動かして、君は背筋を凍りつかせる。少年が抱えているのは彼自身のぱんぱんに膨れあがった下腹だった。妊娠していた。しかも臨月辺り。なぜ今まで気付かなかった？　君は壁に向かいタオルケットにくるまる。相手の男に似た子供など産みたくないと云っていた。では何を産もうとしている？　先生先生、ねえ先生。呼んだときには振り返らなかったくせに、君がそっぽを向いたとなると気を引こうとする。なんだよ。君は不機嫌に応じる。見て見て、産まれたよ。

もう産まれた？

君は起き上がりおそるおそる後ろを振り返る。視界に入ってきた異物を意識が拒絶し、咄嗟《とっさ》に俯いた。絨毯は暗緑色の羊水を含んでくろぐろとなっていた。トキオが接近してくる気配に視線を上げる。緑色の嬰児《えいじ》を抱いたトキオが膝歩きしている。ほら、理沙の妹だよ。推定二千八百五十グラムの生き物が君に差し出される。肌が緑色なのではなかった。全身が蘚苔《せんたい》に被われているのだ。まるで南米のジャングルを透視しているような、鮮やかで細かな緑。微細な花を付けた株もある。それぞれが蛍光灯のあかりに反応して幽かに蠢いている。君は両手を後ろにしてかぶりを振る。厭だ。抱きたくない。トキオはお構いなしに押し付けてきた、ぐいぐいと君の胸に、喉に、顔に。ぬるく濡れた熱帯の苔。圧迫に驚いた嬰児が泣きはじめる。開いた口の中にまで蘚苔はびっしりとあった。そしてその声は樹上を往き交う猿の叫びにそっくりだ。

自分の悲鳴に驚いて目が覚めた。先生？　と寄り添ってきたトキオを力任せに押しやる。彼はマットレスから転がり落ちて座卓にぶつかり、アルマイトの灰皿が床にひっくり返った。君は部屋を見回す。

「先生、夢だよ」トキオが悲しそうに云った。

君は手で額を拭い呼吸を整える。夢だった。しかし夢のなかの夢だ。なにを象徴している？　今のもアニマだとでも？　龍神。「すまない」

「いいよ、べつに」彼は灰皿を座卓に戻してたばこに火を点けた。「何があったの。このあいだとは別人みたいに顔が違う。最初、気が付かなかったんだよ」

「娘と話そうとしている」

「会いにいけば」

「ずっと病院にいて、面会はできるが話せない。俺の娘には大脳が無いんだ。細胞の殆どが死んでしまってる。数日前から街がその代わりを担いはじめた。お前が見たさいわいの竜は、理沙の心の中の映像だ」

「どこに行けば話せるって分かってるの」

「分からないから探している」

トキオは煙を吐き洟を啜り上げて、「そこが早く見つかるといいねとしか、本当は云えないけどさ、聞いてて思ったこともそのまま云っていい？　その子、すごく正しいっていうか、真っ当だよね」

「真っ当？」

「僕らはみんな中途半端だからそんなふうにはできない、街と一緒に思考するなんて。そっちのほうがずっと正しいよ」

「――いま何時だ」

「朝の六時」

「眠りすぎた」君は上着を引き寄せる。

「もう行くの」

「行くさ。松葉杖を」

部屋は三階だ。トキオは外まで君について来た。街路は雨上がりのようにしっとりと濡れ、至る処が虹色に輝いていた。うわあ綺麗、とトキオが云ってアスファルトの上で跳ねはじめる。降ったか？　と君は彼に問おうとし、思い直して唇を閉じた。ただ雨に濡れたといった輝きにはとうてい見えなかったから。誰の記憶にもある、雨上がりの、最も美しい一瞬のなかに君たちは居た。君が顔を上げるのを待ち構えていたようにハンニバルが家々の間に姿を現し、消える。君はまた歩きはじめた。理沙は真っ当――トキオの所感が君に凛々《りんりん》たる勇気を与えていた。君の歩みぶりは相変わらずだというのに風景は目まぐるしく変化した。彼女は活性化している。絵本にあった情景が垣間見えたかと思うと、やがて部屋を飾っていた壁紙の模様を成す。映画の一場面に似た風景が菓子のパッケージに変わる。君が方角に迷うとハンニバルが姿を現してはまた消えた。傍らに現れた線路を蒸気機関車が通過する。頭上を鱏《えい》たちが悠々と追い越していく。路面を埋め尽くした紙細工の蝶が一斉に飛び立つ。君は進む、理沙のブローカ野を探して。路の果てから木製の竜が辷るように飛んできて、からかうように君のまわりを巡り、また飛び去っていく。君は進む、新大久保の街を。君は進む、つむじ風のなかを。君は進む、薄《すすき》に被われた川辺を。君は進む、病院までの道程を。君は進む、黄昏れたハイウェイを。君は進む、花園小学校の裏手を。君は進む、学校の長い廊下を。君は進む、机の下を。君は進む、お菓子の国の舞台セットを。君は進む、アビニョンの橋を。君は進む、深々《しんしん》たる雪景色を。君は進む、春の小川のほとりを。君は進む、折紙の街を。君は進む、墓地への長い坂を。君は進む、神宮球場の前を。君は進む、五線紙の上を。君は進む、モーツァルトの上を。君は進む、ビートルズの上を。君は進む、カーテンの唐草模様を。君は進む、五十音表の上を。君は進む、スーパーマーケットを。君は進む、抽象的な深海を。君は進む、ドービニィの庭を。君は進む、ブリュッセルの大温室を。君は進む、アフリカの海岸を。君は進む、乃木神社の下を。君は進む、月の沙漠を。君は進む、月面の海を。君は進む、土星の輪の上を。君は進む、極彩色の果樹園を。君は進む、ブエノスアイレスを。君は進む、マッターホルンの峰を。君は進む、サーカスのタイトロープを。君は進む、ニューヨーク五番街を。君は進む、道玄坂下の交差点を。

ハンニバルは例の迷うような素振りを見せたあと、センター街の方向に姿を消した。地下鉄口のシャッターは閉じられ、未だ電車は不通と思しいにも拘わらず、渋谷にはそれなりの数の若者が集っている。家電ディスカウント店が流している音楽同士が重なり合って、ドン・ジョヴァンニのなかの、お手をどうぞを成している。センター街に近づくと代わって、ぶうううううんという排気量の乏しいエンジンが合唱しているような、不快な唸りが鼓膜を支配しはじめた。人々が早足に君と擦れ違っていく。悪い予感に、君は本当に久しぶりに立ち止まった。右脚の疲れと左膝の痛みとが一挙に脳に駆け上ってきて、その一種の衝撃に思わずへたり込む。建物の間にセンター街の光景が垣間見えた。若者たちが雀蜂に襲われている。ハンニバル・スケール——一匹一匹が人間の倍もある蜂たちに。マーヤの一族の宿敵だ。ゲームのように感じているのか、傘を振り回し抵抗せんとしている黒尽くめの青年がいる。蜂はお構いなしに六本の肢を彼に絡めた。そのまま宙に持ち上げ、尻の針をその股間辺りに突き刺して、墜とす。青年は動かなくなった。路面には同様に動かなくなったカラフルな影が、幾つもある。人が駆けてくる。二人組の女。それを一匹の蜂が追っている。女たちは通り過ぎていったが蜂は君の前で停止した。間近にすると恐ろしく大きい。ゴースト以上に威圧感がある。こちらを向いてはいないがきっと視界に入っている。君は慌てて松葉杖を外す。突然迫ってきた。身震いするほどの凄まじい羽音だ。君は動けない。人の太腿ほどもある鋭い棘《とげ》だらけの肢が伸びてきて、君の胴体を掴み宙に持ち上げる。我に返った君は左手に握った松葉杖でその頭部を殴打しはじめるが、敵は揺らぎもしない。諦観の誘惑が君に忍び寄る。なぜ死ぬと考える？　すべて理沙の夢想なのに。投げやりな一撃。それが蜂の複眼に命中する。幻灯の電源を切ったように蜂は消失し、君は地面に落下した。ゲーム？　打撲の苦しみを認識するよりも早く、次の蜂が来た。沸き上がってくる痛みに唸り声をあげながらも、今度は落ち着いて接近を待って複眼を突く。また消えた。ゲームか。ぜんぶゲームなのか、理沙。

　君は失笑する。いいよ、もうすこし遊ぼう。間をおいてまた来た。接近を待つ。黄色と黒の巨大な頭部。それが溶けるように歪んで、巨大な箕面の顔へと対応変化《モーフ》する。額に釘抜きを立てられたときのあの顔だ。君は一瞬啞然とし、それから心底恐怖した。恐慌に陥った。助けてくれ助けてくれ赦《ゆる》してくれと叫ぶ。箕面はさらに迫ってきて君に何かを告げようとする。聞くものか。君は松葉杖でがむしゃらに顔を突くが、そこには急所たる複眼がない。六本の肢が君を縛める。宙に吊られ鼠径の辺りに箕面の針を感じた君は、泣きだした。せめて理沙に――東京のどこかが相当しているはずの理沙の聴覚野に向かって、語りえなかった最後のくだりを叫ぼうとした。なのに物語の冒頭しか出てこない。一番上の兄さんは海の水を飲み干すことができました。二番めの兄さんは鉄の頸をしていま《いまし》

君は路上で目覚める。目の高さに後肢で立ち上がった青灰色のハムスターの姿がある。君が起き上がろうとするや同色の残像を残して走り去った。君は全身打撲に苦悶しながら、血の滲んだ膝に松葉杖を装着する。サンタの明瞭な残像はあたかもテセウスにとってのアリアドネの糸だった。君は進む、過去の残像を追って。やがて煤けた住宅地に至る。もはや迷うべき要素はどこにもなかった。ただ海岸に向かえばいい。病院に生じた空き地の正体は、君たちが暮らしていた家の裏の、長方形の売り地だ。空と波と海鳥から成る海岸劇場へのエントランスだ。君は進む、潮の香りに向かって。低く波音が響いてきた。君たちの借家はおおむね正確な位置に建っている。抜けている家も余計な家もない。あえて〈現実〉との差異を述べるならば、家も通りも大きすぎる。そして鮮やかすぎる。表札には木根原という君の字。しかし〈現実〉よりずっと間口が広い。フェンスや庭を飾る緑、壁や

窓や屋根のさま、どれも遥かに美しい。理沙の記憶ではこうらしい。

　君はフェンスを乗り越え、隣家との隙間を通って、売り地に出た。ここも実際より広い。君は家の勝手口を振り返る。大きなドアだ。あのドアを開けた先は理沙の病室だろうか。それとも昔の家に入れるのか。小さなダイニング、その向こうはリヴィング。可能性は半々だ。この海岸に隣接しているべき土地が、ドアのアナロジーによって病室の手前に入り込んでいるのだ。理沙の生活空間にチャイムもノックもなしに人が（といっても君か妻に限られるが）入ってくるのは、ゆいいつあのドアからであり、あのドアの外はこの売り地でなければならない。君はいったんドアのことを考えるのをやめ、すでに〈現実〉のどこにも存在しない砂浜に下りていった。浜の大きさは家々やドアに比べると正確だった。誰も居なかった。海は荒れていた。あの日だった。砂の上には無数の小さな靴跡。君は流木に腰掛けて松葉杖を外した。しばらく茫然と海を眺めていたが、なにも起きない。波が寄せては引いていくばかりだ。鳥もいない。君は内ポケットから電話を出した。龍神に架けてみたが繋がらずに切れた。次に療養所に架けた。繋がった。職員に妻は話せる状態かと訊ねた。大丈夫だと云われた。返事を聞きながら、この通話の〈現実〉度はいかばかりだろうかと考えた。本当は無音の機械に敬語で話しかけているのではないのか。妻が出てきた。

「元気か」

「元気」抑揚のない声で答える。

「俺もだよ」

「そ」と彼女は云い、それから三十秒ほどかけて次の質問を考えついた。「どこにいるの」

「理沙と会ってる」

また長い間をおいて、「理沙ちゃん、起きた？」

「もうじきだ」

君が一方的に喋り続けるとパニックを起こす。君には三十秒でも彼女にとっては一瞬だ。理沙ちゃーんと彼女が呟いた。次に進めなくなっている。またしばらく時間をおいてから、今日はどうしていたかと訊ねたが、理沙ちゃーんと呟くばかりだった。別れを云って通話を切った。

「これ拾ってきた」

君は息を詰める。顔をあげる。彼女の指の間には青い硝子片がある。海に捨てられた罎が砕け長いあいだ波に揉まれ、砂に削られて貴石のようになる。彼女はそれをジャムの空き罎に集めている。

「——綺麗だね。お父さんも持ってる」君はポケットから緑色の硝子片を出し、彼女の反対の手に握らせる。彼女は新しい（本当は自分で拾ってうっかり落したのであろう）宝物に眸《ひとみ》を輝かせ、唇の間に白く小さな前歯を覗かせる。「でも……でも、こういう波の高い日には拾うんじゃない。危ない」

シーグラスは波打際に見つかる。拾うのに夢中になっていると全身に波を浴びる。君は彼女を抱き寄せる。このところ風邪気味の彼女は、君が命じたとおり赤いタータンチェックのダッフルコートを着込んでいる。細かい三つ編みを高い位置でまとめた髪型は、妻が会社に出掛ける前に手早くこしらえてやったものだ。体温。鼓動。彼女はくすぐったがって後ずさる。君は仕方なく彼女を解放し、その手をとって自分の傍らに坐らせる。

「五番めは？」

「末っ子のことだね」

彼女は頷く。

「いま思い出す」君はこめかみに指を当て、九年、話しそびれてきた物語の続きを思い出す。「——四番めの兄さんの代わりに、村には五番めの末っ子が戻ってきた。広場にはすでに煉瓦《れんが》の竈《かまど》が造られていて、中には泡立てた卵の白身がいっぱい詰まっていた。メレンゲだね、理沙が好きな」

「うん」

「彼はその中に放り込まれた」

「羨《うらや》ましいな」

「きっと甘くないよ。砂糖が入ってない」

「なあんだ」

「それに息ができない。扉が閉められた。集まっていた村人たちは一晩中、竈のまわりを取り囲んでいた。朝になってからも、末っ子の息が完全に止まってしまうまでと、しばらくそのままにしておいた。でも末っ子は大丈夫。知ってるよね」

「一番上の兄さんは、海の水を飲み干すことができました。二番めの兄さんは、鉄の頸をしていました」指を折りながら、五人兄弟の特技を数えあげる。

十人、五十人、百人、兄弟の数を無限に増やしていけば、この語らいは永久に続くのではないか。ふとそんなことを考えはじめた君に、理沙の姿が、海岸全体が、陽炎《かげろう》のように揺らいで、時間が有限であることを告げる。脳幹の異常活動とうらはらの衰弱——君が目を背けてきた可能性を。

「——そしてシナの五人兄弟とお母さんは、いつまでも幸せに暮らしたということです」

君は最大限の勇敢さで物語をかたりきる。潤《うる》みかけた目で円い小さな顔を見つめる。そして彼女を安心させるための一言を云い足す。「おしまい」

「海辺の小さな家で？」

「そうだよ。うちみたいだな」

「うちは大きいよ」

「おとなになったらそうは感じないかもしれない。もっと背が伸びたらね」

「お父さんは？」

「ここにいる」君はおどける。

彼女は唇を尖らせる。「五人兄弟の」

「さあ……仕事で遠くまで出掛けているか、それとも天国かな。お母さんがいない子供はいないのと同じく、お父さんのいない子供もいない。世界のどこか、それとも天国、どちらかに必ずいるよ」

彼女は君の答に満ち足りて、子供らしい笑みを泛べる。立ち上がろうとする彼女を、君は咄嗟に抱きとめる。すると君の腕のなかで、まぼろしの浜の流木の上で、奇蹟が織り成したネットワークのなかで、彼女はたちまち健《すこ》やかに育って十六の美しい娘になる。「ああ面白かった」

理沙は消え、浜も海も消える。君は景色を確かめ、自分が腰掛けていたのが青山通りと表参道が形成する交差の、一角に積まれた煉瓦であったことを知る。街は閑寂《かんじゃく》としている。鴉が一羽、下り坂の歩道を跳ねている。間もなくそれも飛び去ってしまう。君は夢の終焉《しゅうえん》を悟る。電話が鳴りはじめる。

第二章　貝殻と僧侶

金釦《きんボタン》が相応《ふさわ》しくないから制服は着るなと命じられた。義兄からの借りものの夏礼服をまとい、春先の戸外の寒さと、混乱と、不快感に身を震わせている十五の少年は、まだ〈彼女〉ではない。火葬炉で千度の炎にまかれている骸《むくろ》や、しきりに向きを変える風になぶられゴッホの絲杉《いとすぎ》のような図像を成している黒い煙も、また〈彼女〉ではない。それは金糸雀《カナリア》だ。せめて来訪者の心の一襞《ひとひだ》を整えんとして丹念に刈り込まれた庭園は、ジオラマめいた無機質な静寂を湛えている。同じように井然《せいぜん》とし埃一つ寄せぬ制服姿で、少年は金糸雀を見送りたかった。金糸雀、僕は合格したよ！　義兄の礼服は少年の身を真っ当に包んで温めることなく、脱ぎきれずにいる不快な皮のようにいたずらに風を孕《はら》んだ。その感触は、虐待という意識もなしに日常的に絡みついてくる、義兄の手や、吐息や、言葉そのもののようであり、これならば裸で立ち尽くしているほうがまだしも人間的だという気がした。

あの日ほど、好実《よしみ》が自分の存在を打ち消したかったときはない。

最期まで、金糸雀は享楽的《きょうらくてき》な性格を保った。引ききりない激痛の、僅かな狭間に彼女が発する、拗《す》ねたような態度、驕慢《きょうまん》な言葉、そして笑顔は、見舞の者たちを一時的に果て知れぬ鬱屈《うっくつ》から救った。過酷な放射線治療下にあっても、圧倒的に咲き誇った大輪が金糸雀だった。それは地味で野暮ったい本名を嫌っていた彼女が私信に使っていた署名だ。ゆえに〈彼女〉は彼女を金糸雀として葬り、今なおそう呼び続けている。金糸雀。

姉弟の母も齢《よわい》相応の麗人だが、金糸雀を産むとき心の一部を譲り渡してしまったように確固たる自我を欠き、それは見目にも顕《あらわ》れている。請《こ》われた再婚を、これといった葛藤も展望もなく受け容れ、他の選択肢になど思いも及ばぬ風情で、ふたりの子を未知の世界に連れ入れた。新たな戸籍上の父は、母が勤めていたポリプロピレン製品を中心としたメイカーの経営者。地位に見合った資産家であり、理想家だった。降って湧いたような新生活が好実に――おそらく金糸雀にも――頬笑《ほほえ》ましい驚嘆の連続だったのは否定しえない。言動の端々に同性愛の傾向をちらつかせながら接触を求めてくる義兄には端《はな》から辟易《へきえき》していたけれど、無邪気をよそおって逃げ続ける機《き》智《ち》と、母や姉の前では平然としているだけの打算が好実にはあった。どうせ長く居る家ではない。数年、なつきにくい駄犬を演じていればいい。すなわち住処《すみか》が変わろうと戸籍が変わろうと、あくまで綿々と続いてきた三人家族の物語が、たんに舞台を移したという意識だった。新しい姓名のアンバランスはその象徴に思えていた。姓が変わって以来なにかと、よしざね、と誤読される。以前は決してなかったことだ。

金糸雀は実父を憶えていなかったし、好実はそもそも彼と同じ時間を生きたことがない。報道写真家だった。遠い内戦の地で散り、家族の許には骨も残さなかった。六人あるいは七人と母が家族を数えるようになったことが、好実には不快でならない。自分と金糸雀と好実、新しい夫、その同居している老父、そして新しい長男。家に飼われている雄のワイマラナーも、ときどきカウントされた。もっとも好実とこの犬はいち早く良好な関係を築いて、後年大学進学に伴いようやく家を出ることになった際は、彼との別れだけがつらかった。造形作家との旅を共にしたペルシュロンの雌馬に今も愛着を感じるのは、あの毛色と名前に因《よ》るところが大きい。灰色のストロングゴースト。灰色の短毛に青や緑の眼をしたワイマラナー種も欧米ではグレイゴーストと綽号《あだな》されており、あの家の犬はそのまま、まさにゴーストと呼び慣《な》らわされていた。義父と義祖父は不吉な呼び方を嫌い血統書上の名前を好んでいたけれど、餌をやる家政婦がいつもゴーストと呼ぶものだから、そちらでは反応がわるい。自分のことか？　と小首を傾げ、重ねて呼ばれると渋々といった風情で身を上下させながら近づいていく。

頭では不可避《ふかひ》の天命と理解していた。誰も憾《うら》まぬように努めていた。しかし転機から三年めのこの喪失が好実には、母の人任せな気質の帰趨《きすう》のように感じられてならない。かつての慎ましい三人暮しなら病魔に姤《ねた》まれはしなかったのではないか。噴出口を得られぬ激情が、指先にまで溜まり、渦巻く。金糸雀の骨は少なかった。係の老人が長い骨を火箸で砕きながら、誰にともなく、

「ご病気で」と訊いた。

「判るんですか」ややあって義父が応じた。

老人は、失礼致します、といったん火箸を置いて合掌し、それから、伏せた花器のように見える金糸雀の頭骨を割った。黒い大きな木の実が入っていた。金糸雀の脳の一部だった。「私らにゃ理屈は分からんけれど、患部は必ず、こう残ります」

世界じゅうのあらゆる乳房を凌いで最も美しい乳房に〈彼女〉は真新しいブラジャーを重ねる。それは金糸雀の乳房だ。ブラジャーは陽を浴びた若草の色。繊細なレエスに縁取られているがカップはごく小さい。なぜならそれは仕事着として買って、この小部屋に置いてある物だから。近い色合いの、ざっくりとしたブルックスブラザーズのシャツに袖をとおして、前釦を留め、地味なレジメンタルタイを結ぶ。襟をととのえて白衣を羽織る。金糸雀の残像を、薄っぺらな龍神好実のペルソナが被う。優秀な脳神経外科医――周囲に望まれてきたとおりの。インターフォンが鳴る。

身分からいえば一講師に過ぎない〈彼女〉が病院に個室を要求したとき、それは教授連

への反逆とみなされて医局は色めき立った。しかし〈彼女〉が求めているのが着替えや仮眠のための閉鎖空間に過ぎないことが知れると、脳神経外科はめざましい迅速さで物置と化していたこの旧館地下の小部屋を改装して〈彼女〉にあてがい、要求の正当性を判ずるのを避けた。意外な波紋に愕《おどろ》き、げんなりし、カミングアウトや精神科での鑑定をも覚悟しはじめていた〈彼女〉は肩をすかされたものの、それは当初予見したとおりの収束だった。この古びた大学病院は龍神好実のメス捌《さば》きを必要としている——病院という複雑で不安定なオブジェが、自立を保つための閊《つか》えとして。患者のニーズとも医術の前進後退とも無関係な中空に、税金の計算にも似た複雑なパラメータが出来上がっている。ルールにルールが重なり、あるいは打ち消し合い、その唐突な回答として医療の現状があり、医師が各所に配されている。〈彼女〉はシステムをしたたかに利用してきた部類なのだ。しかし遠からず脱落する。茶毘《だび》の夢は、吉夢というのでも凶夢でもなく、昔から〈彼女〉が転機を意識しているとき、繰り返し訪れる。

インターフォンは眼科からだった。回診のあとにでも顔を出すようにという、阿倍野《あべの》助教授からの伝言。エレヴェータの中で白衣の前を開いて合わせなおし、地下の湿っぽい空気を胸元から追い払う。脳神経外科までの朝の道程において〈彼女〉は病棟の、特診用の個室のドアが並んだ廊下を通るのを好む。ホテルのように清潔だし、他人と顔を合わせることも少ない。かつてはもっと広々と歩けたのだが、今は緊急時に備えての予備機器が廊下の各所を狭めている。三年前の椿事《ちんじ》以来だ。ひとつのドアの前で〈彼女〉は一瞬、立ち止まる。この部屋は今、空っぽだ。

理沙パニック。どこから名前が洩れたものやら、兎《と》も角《かく》もマスコミは平然とそう呼んだ。幾つかの記事を読んでみた。最新の都市伝説として適度な曖昧さをまぶしてあるものの、根幹をなしている物語は、〈彼女〉が事の真相として認識しているそれに他ならなかった。医療関係者ならどの病院の患者《クランケ》かも判ったはずだ。一種の内通があったのは間違いない。慌てふためいた院長が各方面に強引な箝口令《かんこうれい》をしき、以後、理沙にまつわる新事実が浮上することはなくなったが、ともあれ世間は理屈抜きに、ただアナロジーや直感によって最新のファンタジーを認知して、ある意味で歓待したのである。マスコミの所業を責めたてる資格は〈彼女〉にはない。理沙との交信を期待していた頃の〈彼女〉は、彼ら以上に浮かれていた。

理沙パニックという無神経なネーミングは、荒ぶる女神という彼女の一側面をうまく捉えている。誰しもが彼女の父や担当医ではないのだ。アニマでもない。一般人にとっての彼女は、ウイルスめいた形なき恐怖、もしくはプロパガンダに過ぎない。

パニックによる犠牲者数を見積もるのは難しい。死者にインタビュウできない以上、交通事故や心臓発作や自死と、理沙の因果関係は確認しようがない。多めに、三日間の東京での不可解死をなるべく拾いあげ、約五百名とする統計を目にしたことがある。そこから平時の交通事故死や突然死数を差し引くべきだとする向きもあるし、またこう指摘した学者もいる――あの三日のあいだの死について、それが理沙パニック下の死であったがゆえに不可解死と錯覚された可能性を、忘れてはならない。

やがて冥王星が惑星の定義から外され、海の向こうで自衛隊が関わっている戦争が激化すると、マスコミは一斉に東京に背を向け、木根原理沙の名はいったん忘れられた。ややあって、今度は静かに、理沙にまつわる変種のトピックが取り上げられるようになり、こちらのほうがむしろ〈彼女〉を瞠目させた。最初に伝えてきたのは柏木だ。今はまたレーゲンスブルクにいる。現実のバイエルンの、現実の古都だ。この病院でも所属は研究室だった。尖端《せんたん》知識を要するケースに限って、臨床に借り出されていたのである。

「もう読まれました？　三面記事なんですけど」と三年前の夏の朝、〈彼女〉の個室を訪ねてきて細く折った新聞紙を突き出した。「今も〈砂嵐〉が起きているとあります」

「どこで」

「この新聞社が襲われたというんですけどね、どう思われます？」

見出しは「理沙パニックの余波か」。柏木と自分のために珈琲を淹《い》れながら、短い記事を繰り返し読んだ。同社のコンピュータの多数が、短時間、理沙パニック下で起きたのと似た暴走を起こしたとあった。復旧しきれずにいたシステムが、いわば余震を起こした可能性もあるが、念のため各種ネットワークの中枢施設に取材したところ、近い現象の報告が多数寄せられたという。

「心理学者の……名前は忘れてしまった、理沙パニックによる死者は多く見積もられすぎていると、テレビで語っていたのはご存知ですか」

「私は見てませんが、龍神先生から伺いました」

「そうでしたか、失礼。しかしあれは卓見《たっけん》だった」

「この件も〈砂嵐〉を思い出しただけだと？」

「だって、仮にマスコミが理沙パニックなんていう取り上げ方を避けていたとしたら、この新聞社では、短時間で解決したシステム障害を都市伝説と結びつけて記事にしたでしょうか」

「うーん……またぞろ理沙パニックという言葉を持ち出してるのは安易ですけど、都市伝説に結びつけてるとまでは云えないのでは。ついこないだ、東京じゅうが無茶苦茶な状態になったのは事実なんですから」

「それはもちろん。ただ私が云っているのは、理沙パニックという言葉が大衆に対して、いかに強力なカードとして活《はたら》くかという話。この調子だと脇見運転の交通事故も理沙パニックの余波だし、ハードディスクの不調も、掃除機の故障も理沙パニック、いずれ電球が切れても理沙パニックということにされてしまう」いささか強弁であるのを自覚し、私は揺り返そうとしている、と〈彼女〉は思った。茶毘にふされた小さな肉体以外の理沙を信じないことで、罪の意識から逃れようとしている。

「僕の目には、ですけどね、マスコミは意外と冷静だったなと。理沙ちゃんの尊厳を踏みにじるような報道は見ませんでしたし、あんがい僕らに近い気分でいるようだとも感じたんです。あれとこれとを結びつけて、自分らの体験を聖書じみた奇蹟として受けとめ、感激したり畏怖したりするのは簡単なんだけど、必ずグレイゾーンを残しておくのが理知的な態度というものでしょう。それが感じられたというか——」はっと柏木は大きな眼をまるくし、次いで怪訝《けげん》そうに細めて、「もしかして先生、まだ僕のことを疑っておられますか」

「内通したと？　まだそんな的外れな心配をしてたんですか。疑ったことなんか一度もありません。貴方がマスコミと繋がったからといって、なんのメリットもないでしょう」

「情報と引き換えに法外な謝礼を貰ったとか」そう自分で云っておいて、吐息まじりに笑った。研究室暮しは、清貧に甘んずる覚悟と、岩のような忍耐と、それらを包み込む楽天的な気質を要する。

「ハリウッド映画の見過ぎです。私の実の父というのはね、報道カメラマンだったんです。早くに亡くなったので写真でしか知らないけれど、母親の昔話なんかを聞いていればマスコミの懐《ふところぐ》具合《あい》は分かる。ここだけの話、マスコミにあれこれと喋ったのは、あんがい木根原さん本人かも。彼ならコネクションには事欠かないし」

「なんのために」

「さあ。でも、とうてい正常とは云いがたい状態だから」

「理沙ちゃんが生きている頃も、あまり見舞に来られませんでしたね。自分に子供がないからでしょうか、すこし違和感が」

「私もいません。というかそれ以前に独身。情の深きがゆえに見舞に来られないご家族も、少なくありませんよ。柏木先生、これは忘れないほうがいい、木根原さんが知っている理沙ちゃんと、我々の見知っていた理沙ちゃんは違うんです。私たちが理沙ちゃんの本質に触れえたことは一度としてない。残念ながら」

柏木は珈琲を飲みながら、九年か、だとか、大脳の……などと呟いていた。なぜか〈彼女〉を慰めるかのような笑顔を覗かせ、「木根原さんって偽悪《ぎあく》的ですよね」

〈彼女〉は失笑して、「実際に悪党らしいですよ。作家としての彼はというと、たぶん孤独な天才が、より周囲に解りやすい天才像を演じているうちに、どちらが本当の自分か分からなくなってしまったという感じ。彼の作品、理沙ちゃんの部屋をごてごてと狭めているあいだはガラクタだなんだと雑言《ぞうげん》を吐いてましたけど、今にして、ふと脳裡がね、あの造形のどれかに支配されていることがあります。やっぱり物凄い人だったんだと感じる」

「過去形ですね」

「もう創らないと自分で云っていたから」

「不遜《ふそん》きわまりない人物だとは思いますが、どうも憎めないんですよね。あんなふうに生まれてみたかったと感じる部分も、多々ある。だけど、ああも喪失感に満ちた人生を自分では歩みたくないな。僕だったら耐えられません」

柏木は時計に目をやり、珈琲を飲み干しながら立ち上がった。その手が机上の新聞に伸びたとき〈彼女〉は思わず、あ、と発した。

柏木は手を引っ込め、「いいですよ、もともと置いていくつもりでしたから。だって龍神先生、本当は期待なさってるでしょう。そう思って持ってきたんですよ」

「なにを」

「いまひとたびの奇蹟」

〈彼女〉はかぶりを振った。「いいえ、早く忘れたいと願っています」

短期的には本音であり、長期的には偽りであったと云わざるを得ない。三年を経た今、パソコンの前で、書店で、気がつけば理沙の手掛かりを求めて視線を彷徨《さまよ》わせている。大事故や集団幻想といった、第二次の理沙パニックが報道されたことはついぞない。ただ息の長い、ひっそりとした風聞だけが、オカルトを扱った雑誌の埋め草となったり、インターネット上に留まっている。理沙の大脳は生き続けている——東京そのものとして。

「脳神経外科の龍神です」

阿倍野助教授は、よほど意外なことでも起きたように、びくりと振り返った。他局に属している者が素直に従うとは思っていなかった、という反応だった。ああ、おお、と実年齢より遥かに年寄りくさい声をあげ、ジェスチュアで〈彼女〉に椅子を勧める。カルテを選び、廻転椅子ごとごろごろとテーブルに寄り、そうしながら立ち働いている助手の一人に、ちょっと、と呼びかけて声の届く範囲から払った。〈彼女〉はあえて白衣姿で訪れていた。たとえば視《し》床下部《しょうかぶ》に異常をきたしているクランケについての所見を、懇意な眼科医に訊ねにきたかに見えるように。しかし、

「どうですか、その後」という助教授の第一声は、外来患者への口調そのものだった。〈彼女〉は患者らしい粛々たる態度を余儀なくされた。「相変わらず、と自分では認識していますけれど」

「いつの時点と変わらず?」

「もちろん何年も前と較べてではなくて」

「このあいだからか。しかしこのあいだと較べても残念ながら、視野検査、暗順応検査、網膜電位図《ERG》、いずれも思わしくない。医者同士だから掛け値なしで話すよ。かなりの勢いで進行している、特に左」

「天気によって見え方が違うんです」

「それも網膜色素変性症《もうまくしきそへんせいしょう》の特徴だね。ビタミンAは思いきって増やそう。非常識なほどの

大量投与で進行が弱まったという報告も、あるにはある」

「止まったわけではないんですね」

「確実に進行を止める方法は、今のところ無い。幾つかのタイプに杆体《かんたい》の遺伝子異常が発見されている、という程度なんだよ、この病気は。ご両親の視力はどう？」

「母は、老眼ぎみですが眼鏡が必要なほどではないようです。母方の親類に眼がわるい者は殆どいません。実の父親は早くに死んでいるので詳しくは分かりませんが、ときどき眼鏡を掛けていたようです。その兄が極端に眼のわるい人で、私の眼もその遺伝だと云われてきました。ただ彼も、もう亡くなっています。同じ病気だったんでしょうか」

「それは分からない」

「いずれ失明ですか、私」

阿倍野は逆さにした無花果《いちじく》のように見える頭を、ゆったりと振った。「光を認識できれば、それは失明とは云えない。まるで言葉遊びだけどね。最期まで光を失わない希望は充分にある。これは重要なことだよ」

「方角が分かりますしね」

「パソコンだって操作できる。昔と違って今は補助具が豊富だから、日常生活にはそれほど不便を感じずに済むだろう。考え方ひとつだ。もちろん進行が止まることもある。ただしこれは云っておかねばならない。今の進行速度からいくと、繊細な手術《オペ》には遠からず支障をきたすよ。教授連にはまだ——？」

「すこしでも職務に支障を感じたら、自分から申告します。それはお約束します」

「差し出がましいようだが、医師としての在《あ》り方を再検討すべき時期かもしれないね。不明なところが多く一概《いちがい》には語れない病気で、他がどうだから君もどうなるというふうには断言できない。確かなのは、現状での進行が特別に早いということだ」助教授は不意に気が抜けたように椅子のなかに縮こまり、するとさっきまでとは別人のように小さかった。今の宣告が呼出しの本題であり、彼なりに緊張して対話に臨んでいたということだった。

「正直、勿体《もったい》ないね。君がここに顔を出す以前から、噂はよく耳にしていたよ」

「奇人としてですか」

「それもある」助教授は頰に何重もの縦皺を寄せた。またすこし身を乗り出して、「外光が眩しくてならないようなことは？　サングラスは持っているかね」

「自転車に乗るときは掛けていますす、この眼鏡の上から」

「度入りのを買ってきて、普段も屋外では掛けたほうがいい。紫外線と進行の因果関係も研究されている。だから用心のために。安物じゃなくて、ちゃんと高いのを買うんだよ」

午後の一齣《こま》の講義を終えたあと〈彼女〉は自転車を新宿に走らせた。三越に入っている眼鏡店で検眼をし、こぶりなフレームを選んで、レンズは濃く染めるようにと註文した。出来上がりは日曜になると云われた。

日曜、今度は電車で、再び新宿に出向いた。阿倍野の言葉が暗示になっているのか、陽光がひどく眩しい。店で出来立ての眼鏡を受け取り、蔓《つる》を調整してもらうために試着する。暫時《ざんじ》、極端に視力を奪われたような気がしたものの、店内を見回しているうち見方のこつのようなものが分かってきた。掛けたままで店を出てエスカレータに乗った。子供の頃からいわゆる鳥眼で暗い場所が苦手だったが、そういったことを異常としては認識していなかった。認識したのは一昨年だ。自転車に乗っているとき、きょろきょろと頭が落ち着かない自分に気付いた。視野が狭まっているのだった。デパートを出てみると入っていくときよりも景色に立体感があり、眼の緊張も少ないようでなかなか具合が良い。代々木の方向に歩いた。蚤《のみ》の市が開かれている公園を見つけ、訓練のようなつもりで露店の間を歩いた。売り物は大半が古着で購買意欲はそそられない。男物をあまり持っていないのでなにか買っておくべきかとも考えたが、好実にはどんな古着が似合ったものか見当がつかない。好実としての衣類はただ店員に予算を告げて、そのお仕着せで済ませてきた。選ぶ楽しみは金糸雀としての衣装にしか感じない。しかし唯一といってよかったその娯楽からも、今は遠ざかっている。視覚異常を自覚してからこちら、外面を飾ろうという気が起きない。化粧をしコンタクトレンズを付けても、鏡のなかの金糸雀は朧《おぼろ》で、近づくと背景が欠ける。鏡を見るのが苦痛になった。瞼を閉じて闇に身を浸しているほうが遥かに金糸雀と一体化できるし、ふしぎなもので脳裡のその姿は以前より明瞭になった。

売り手も、買い手も、犬連れが目につく。純血種が多いのでいくぶん期待して歩んでいたが、ワイマラナーは見かけなかった。まわりきった端の露店で初めて、いかがですか、と声をかけられた。二十歳ほどの女が膝を立てて坐っている。売り物は古靴で、殆どがキャンバス地のスニーカーだった。〈彼女〉はかぶりを振った。履くような人種に見えるのだろうか。長髪を後ろで束ね、小さなサングラスを掛け、店員のお仕着せの上下を着た、三十代の……男。女は黙って頷いた。はたと、理沙が生きていたなら同じくらいの年頃なのだと思い当る。

通りの静けさから、いかにマーケットが賑やかだったかを知った。しばらく無目的に進んだ。低廉《ていれん》そうなパブがあり、ビートルズの曲が外に洩れていて、それは珍しい曲でもなんでもなかったが、もうすこし人のなかに身を置いておきたい気分だったので、赤く塗られたドアを押した。カウンターでビールを頼んで、差し出された背の高いグラスを摑む。座席を選んでいるうちにディア・プルーデンスがグラス・オニオンになり、席に腰をおろしてビールを傾けていたらたちまちオブ・ラ・ディ、オブ・ラ・ダ、奇妙な二曲を経てからセンチメンタルなホワイル・マイ・ギター・ジェントリー・ウィープス、そして挽歌のようなハピネス・イズ・ア・ウォーム・ガンへと至ると、〈彼女〉は不意に、長いあいだ、本当に長いあいだ泣くのを我慢していた自分を思い出した。最後のリフレイン（Bang Bang, Shoot Shoot）では強く瞼を閉じて凌《しの》いだが、その次はマーサという犬の名を転用した曲だったので、きっと懐かしい犬のためなら泣いても大丈夫だろうと、サングラスをテーブルに置き、大きな欠伸《あくび》でもしているような素振りで、すこし泣いた。

涙が熱かったのはほんの数秒だ。〈彼女〉は再びサングラスを掛けて、平然とビールの残りを干した。席を立ってカウンターでお代わりを求めた。僅かなあいだにたくさんの犬を見たものだ。昨今はミニチュアシュナウザーが人気らしい。何匹もいた。眼の下の涙の跡のような毛。黒いジャーマンシェパードもいた。サルーキも見た。内臓を想像しようがないほど細長い軀で〈彼女〉の横を擦り抜けていった。しゃがみ込んだ売り手の横でだるそうに下瞼の内側を覗かせていたバセットハウンド。疥癬《かいせん》をたくわえたような皮膚、巨大な男性器。人間は事を深刻に考えすぎる。みな犬の性器のことでも考えていればいい。犬だって人間のことばかり考えているはずだから。天井を這いまわる蠅。ローマでのサッカーの試合を流し続けるテレビ。正面の大テーブルがいつの間にか、理沙と同じ年頃の少女たちに占拠されていた。一人がじろじろとこちらを見ている。あどけない顔、アーミーパンツ、手には大きなサンドウィッチ。〈彼女〉の別の姿を見透かしてでもいるのだろうか。見返していると、ようやくサングラス越しに視線が合っていることに気付いたらしく、椅子を動かして〈彼女〉に背中を向けた。それともこの眼鏡が奇異なのだろうか。

席を選ぶとき意識したきりでいた左手のパブミラーを覗き見ると、暗い、狭まった視界に、ビールの広告文字が重なって、その向こうの顔がいったい現実のものなのか、それともこのパブに棲みついた亡霊なのか、なにやら判然としない。諦めて他の壁面に目を移す。勝手にしやがれの黄色いポスター。モノクロのイージー・ライダーのポスター。キャプテン・アメリカの後ろにはジャック・ニコルスン扮するジョージ・ハンセンが跨《また》がっている。後ろの壁を振り返る。ディジー・ガレスピーがいた。まるでノスタルジーの神殿のようだと愉快になり、巫女《みこ》や信者たちのさまを観察しはじめる。レイヴァンの古風なサングラス、ローライズのジーンズ、長い髪を被《おお》った野球帽にカスケット帽。BGMはとっくにラバー・ソウルに変わっている。フラット気味なレノンの声。遠くにマリリン・モンロー、そしてジョー・ストラマー。休日の残りをどう費やすべきかが、だんだん判ってきた。

携帯電話を出して木根原の自宅に架ける。案の定の自動応答に応じて、儀礼的なメッセージを吹き込んだ。携帯電話には架けなかった。今の木根原はまず出ない。直接訪ねてもドアが開かない。受話器を取らずに耳を澄ませているかもしれない木根原に来意のみ告げ、鍵は重松《しげまつ》ユキに開けてもらうのがいつもの手順だ。通話を切ったと同時に電話機が振動しはじめた。ディスプレイには昔の恋人の名があった。ちょっとした偶然からの連続に過ぎなかったが、暗示的な出来事と感じられた。性的には女性、肉体的にも女性。異装には理解があり、同性と恋愛しているみたいだと面白がっていた。そうして他者と肌を接しているのは、ときに反射的に滲みだしては〈彼女〉の表層を被うじっとりとした少年性に他ならず、かたとき好実は満たされたものの、金糸雀は取り残された。その乖離――奇妙な三角関係の感覚に耐えきれず、〈彼女〉は乱暴に恋愛を破毀《はき》した。二重の、物悲しい友情が残った。

出逢いは大学に入った年の冬だった。女装、といってもいつでも好実に立ち戻ってふるまえるような言い訳がましい装いで、新宿のライヴハウスの片隅にいたまだ十代の〈彼女〉に、とつぜん頭を寄せてきて、

「あとで写真撮らせて。あっちのテーブルで一緒に飲まない？」と怒鳴る。ステージからの反射光をあびた長い髪が、細かく、きらきらと、当時はまだ珍しかった金髪めいた色合いに輝いているのを、唖然として見返しているうち、バンドの曲が終わった。ぱらぱらと拍手が起きた。女は無造作に髪を掻き上げて、どこか残酷性を感じさせる目付きで顔を覗きこんできた。黒目の向きが曖昧な印象で、かつまた睫《まつげ》も髪と同じ色に輝いていた。「気にしないで、私、アルビノなの」

テーブルを囲んでいたのは〈彼女〉とそう変わらぬ年頃の男女。顔ぶれはくるくると替わった。受付係に半券を見せ、店の外に出ていく者もいる。彼らの目当ては最後に出演するブルースロック・バンドで、その出演先にしぜんと形成される一団なのだとあとで判った。〈彼女〉に目当てのバンドはない。勉学に倦《う》むと自分に似合いの異界を探してさまようのが当時のならいだった。アルビノの女はレンカと呼ばれていた。レンカ？　と〈彼女〉が発すると、その手を自分の前に引っ張り、掌に指で恋歌と書いた。嘘よ、と笑って

蓮花と書きなおした。一団を夢中にさせているバンドは、音楽性はびっくりするほど古臭いものの、演奏力は確かだった。〈彼女〉は何度もかしらを巡らせてステージからのあかりに照らされたたくさんの顔を眺め、金糸雀があの家に連れてきた友人たちに囲まれているときのことを思い出していた。すべての演奏が終わるとライヴハウスは終夜営業の酒場に変わり、蓮花たちは楽屋から出てきたバンドのメンバーを囲んだ。〈彼女〉は帽子をかぶって出口に向かった。酔った蓮花が追いかけてきた。腕を摑んで、「写真撮らせてって云ったでしょ」

「電車がなくなるし」

「みんな朝まで飲むんだから」

「そんなお金無いです」

「私も無い。誰かにたかり続けるの」

「できない」

「じゃあせめてあと二時間、頑張る。そしたらうちに泊めたげる。こっから歩けるから。きみゲイでしょ。なら同性だし」

「分からない」

「バイ？」再びの残酷な視線。「べつにいいよ、君なら。する？　お金取らないよ。アルビノ気持ちわるい？」

〈彼女〉はかぶりを振った。「さっきはごめんなさい。ただ驚いていただけで」

「無理しなくていい。女でいける？」

「そういうのも、ちょっと、分からないっていうか」

蓮花は弾けたように笑いだし、童貞？　と大声で云った。思わず視線を泳がせる。変に勢いづいた蓮花が〈彼女〉をトイレに誘う。酔っていた。五分後、〈彼女〉は初めて女性の口内に射精した。予期していたほどの嫌悪感でも快感でもなかった。ただ女が嬉しそうに自分を見上げるのが嬉しかった。熱病めいた関係が一年続き、それから友人へと脱皮した。〈彼女〉が大学を出るまでのあいだに古暮蓮花《こぐれれんか》は結婚し、出産し、離婚した。失恋したときや子供が病気になったときだけ、今も電話や電子メールで連絡してくる。顔を合わせたのは十年前、就職の相談を受けていた頃が最後だ。

電話に出た。蓮花はしばらく沈黙していた。それから、そこにジョン・レノンいる？　と訊いてきた。

「いるよ」

「君どこ。ニューヨーク？」

「いや。代々木八幡がたぶん近い」

「近所だ」

「練馬じゃなかった？」

「また昔の辺りに戻ったの。史帆《しほ》が中学の寮に入ったから」

「もう中学。早いね。仕事は？」

「相変わらず帽子屋。よくしてもらってるわ」

「向いてたでしょう」

「向き不向きというより絢子《あやこ》さんの人徳ね」脳梗塞《のうこうそく》で半身不随になり、そのリハビリテーションのために病院にいた婦人だ。亡夫から受け継いだ帽子店を、閉めたきりでいるのが気がかりだと洩らしていた。〈彼女〉が身許を保証するかたちで蓮花を紹介した。婦人はなによりもまず彼女の見目を気に入ったようだった。なんて綺麗な娘さん、なんて綺麗なんでしょう。「それに最近は若いお客も多いからちょっと景気がいいの。そこ、なんて店？」

〈彼女〉はコースターの文字を読んだ。

「本当に近所だ。電話代を使ってるのが莫迦みたい」

「なにかあったの」

「べつに。私と話したがってるような気がして」

「そうだったかも」〈彼女〉は腕時計を見た。「ただ、これから用事があって」

「残念。ね、いい弁護士知らない？　患者にいない？」

「元弁護士なら手術したことあるけど、どうしたの」

「その人から誰か紹介してもらえないかな。いま付き合ってる人の奥さんから、告訴するって手紙が」

「亡くなったよ」

「そう。私、本当に告訴されるかしら」

「恋愛が裁《さば》かれうるとは思えないな。ほかにひどいことをしてたら別だけど」

「してない」

「なら安全だよ」

じゃ、と向こうから切った。〈彼女〉は重松ユキに電話した。出てきた彼女に居所を問うと、往時より訛《なま》りの薄れた口調で、友達と一緒に原宿にいると云った。木根原の容態《ようだい》を訊ねた。

「奥多摩のほうには私、この二週間くらいはちょっと」

「大丈夫でしょうか」

「食料はたくさん買うときましたけど。なるべく日持ちのするような、チーズとか果物とか、それにワインもたくさん」

「あまりお酒を与えてはいけない」

「でも叱られますし」

これから奥多摩に行きたいと告げると、ユキは、はあ、と発して返答につまった。やや

あって、

「いまどちらに。あと一時間ほどで動けます」

　その三十分後、新宿駅の近くで待ち合わせることにした。通話を切って顔をあげると、向かいの席に西洋南瓜《かぼちゃ》のような帽子をかぶった女がいた。あきらかに〈彼女〉を驚かせようと、気配を消してテーブルの向こうに辷《すべ》り込んできたのである。

「近いって云ったでしょう。すぐそこの通りを歩いてたんだもん」〈彼女〉が幾度となく想像してきたほどには、蓮花の容姿に変化は見られなかった。とりわけ残酷な気配をたたえた目付きは、歳月の流れを感じさせない。〈彼女〉を嘲笑《あざわら》うように、「可愛くない恰好してる。どうしたの、その眼鏡」

　意識の表層に若き日の好実が滲んで、〈彼女〉を包む。忘れかけていたその感覚は〈彼女〉を思いのほか安堵させた。「眼を患《わずら》ってる。そのうち見えなくなるよ」

「冗談でしょう」

「冗談」

「半パイントぶん、時間ある?」

「一パイントぶん以上、たっぷりと。一時間半後に新宿だから」

　奢《おご》る、と云って蓮花は帽子をテーブルに残し、カウンターへ向かった。淡色の髪も、クレヨンセットをぶちまけたような、悪趣味すれすれの衣服の好みも変わっていない。やがて再び対座したが、会話は乏しかった。流れてくるリボルバーやマジカル・ミステリー・ツアーに耳を傾けながら、ここの声がいい、などと呟いたり、浮かんでこない曲名を教え合ったりしていた。昔も、顔を合わせているあいだはこんな調子だった。時刻が迫り〈彼女〉は鞄を引き寄せた。蓮花は、新宿まで歩こう、と云った。意図するところが分からなかったが、拒絶する理由もなかった。

「新宿からどうするの」と通りに出てから問われた。

「友人の家に」

「男？　女？」

「男」

ふふ、と蓮花は誤解して笑った。

「そういうんじゃないよ。蓮花こそ、もう変なのとは付き合わないほうがいい」

「騙《だま》されたんだもん」

「学習しな」

すると彼女は殊勝《しゅしょう》に頷き、「今度こそ参ったっていうか、その手紙以来、不眠ぎみで、薬呑んで寝てる。こんなの理沙パニックのとき以来」

「エレヴェータに閉じ込められたんだったね」

「それだけならいい。溺れたんだよ。エレヴェータのなかに冷たい海水が押し寄せてきて、私は溺れて死にそうになった。信じられる?」

「信じられない」

「気がついたら一緒に乗ってたお婆さんが死んでた。信じられる?」

「信じられないな」

「信じてよ。四時間も遺体と一緒に閉じ込められてたんだから」

「分かった、信じるよ」

「理沙って脳障碍の少女だって聞いた。知ってる?」どこか夢みるような目付きをして云う。

「知らない。きっと噂だよ」

南口で人と待ち合わせていると教えた。蓮花は〈彼女〉が辿ってきたのとは違う、住宅街のなかの路を選んだ。路の左手に、公営らしい集合住宅とを隔てる長い椿の生け垣があり、葉のきんとした緑色のなかにぽつり、ぽつりと紅い花が顔を覗かせていた。高校時代の級友の一人を思い出した。赤緑色弱《せきりょくしきじゃく》で、いずれ出版に進みたいが難しいかもしれないと嘆いていた。彼の眼に映っている世界がどういったふうであるか、想像がつかず、あるとき無神経ぶって、どういうときがいちばん困る? と訊けば、葉の間に覗いているはずの紅い椿がいちばん見えない、という答だった。〈彼女〉は歩きながら左眼をつむり、指で生け垣に触れた。左方のちかちかする闇のなかに硬質な葉の感触が続いたあと、不意に湿った絹のような感触が現れた。立ち止まって顔を向ける。指は、紅いはなびらの表面に接していた。

別の場所では古いコンクリートの壁に触れた。それは陽光を蓄えて暖かく、細かくざらついており、指を離すと粒子がそのまま附着してきた。子供の頃はなんにでも手をふれ、感触を確かめていたというのに、大人になってからは、大抵の物に触れつくしたという驕《おご》りや、中途半端な衛生観念からだろう、何にも触らぬように触らぬように過ごしてきた。また習慣を取り戻さねば。今のうちに視覚と触覚をしっかりと結びつけ、いつでもバトンが渡るようにしておかねばならない、とりわけ植物や、壁や、崖や、地面——物言わぬ近景たちについて。あとはなんだろう、見えなくなって悲しいのは。

映画や美術品には思い及びもしなかった。美しい風景にも〈彼女〉はさして興味がない。それらは記憶のなかにだけ存在すること、実際にその場所に行ってみたとて眼前に再現されることはなく、ただ似たような景色しか得られないことを、子供の頃から思い知っている。昔の私は何を見るのが好きだっただろう——金糸雀以外で。

駅と連なったデパートが見えてきた。蓮花は別の方向を指し、「じゃあここで。私は本でも買って帰るよ」

「うん」〈彼女〉は横断歩道に足を向けた。

「好実」と久しぶりに昔のように呼ばれ、振り返る。後ずさっていく蓮花は、まるで等身大の着せ替え人形だった。「君、なんだか消えてしまいそうだよ。また会えるね？」〈彼女〉は頷き、車道を渡った。坂を上がりながら対岸を見渡したが、すでに蓮花の姿は雑踏のなかに消えていた。ユキは歩道の端で、片手にたばこ、片手に携帯灰皿を持ち、肩には携帯電話を挟んでいた。〈彼女〉に気付いてその全部を次々に片づける。黒い細身のワンピースに芥子《からし》色のストールを合わせている。女友達と会っていた服装ではないと感じた。一礼した〈彼女〉に口許だけの笑みを返したかと思うと、

「今度から前日までに連絡してください」と、いきなり苦言《くげん》してきた。

そちらこそ助手が二週間も離れたきりとは何事かと云い返したかったが、気をつけます、と小声で返事するにとどめた。機嫌を損ねれば厄介な、高慢な女だ。判断力を失った木根原から無暗《むやみ》に依存されるようになると、ことさら傍若無人《ぼうじゃくぶじん》にふるまい権勢を確認するようになった。大学を出て就職した様子もなく、あきらかに木根原が惜しげもなく売り払っていく作品から糧《かて》を得ていながら、住み込むでも定期的に通うでもなく、ただ気儘《きまま》な猫のように奥多摩に出入りしているのが、そもそも〈彼女〉には面白くない。あれはどこにやったろう、と木根原が作品を探して工房をうろつき、お売りになったやないですか、とユキが諭《さと》しているさまを一度ならず目撃した。木根原の記憶力は怪しいが、ユキの素行はもっと怪しい。

鍵を預かって独りで行こうかと提案してみた。しかしユキは同行を云い張る。特権を失

うのが怖いらしい。話がはずむ道連れではないから、電車ではひたすら音楽を聴いている心算《こころづもり》だった。ところがプレイヤーの電源が入らない。バッテリーはまめに充電している。故障だとすれば、この何年もまえの型は、はや修理が効かないかもしれない。それでもイヤフォンは耳に挿し、電車に乗っているあいだじゅう音楽を聴いているふりをしていた。ユキはユキで携帯電話に繋げたイヤフォンを付けていた。

暮れ泥《なず》む奥多摩の駅舎前では、ワゴネットを繋がれたストロングゴースト号が客待ちをしていた。ユキが気を利かせて呼んでいたのかと、一瞬感謝しかけた。その横顔を盗み見て、ただの偶然だと悟った。動物臭がお嫌いらしく、師匠の隣人の前でそこまでと思うほどに露骨に顔をしかめ、そのうちハンカチを取り出して鼻にあてまでした。

「ちょうどよかった」〈彼女〉はわざと陽気な声をあげて進みでた。「お隣の木根原さんのところまで。お隣、木根原さん」

「ちょっと、それ遅いですよ。物凄い年寄りやから。タクシーで」

「何十分も違いはしないでしょう」

「違いますって」

「せっかく遠出してきたんだからタクシーじゃ味気ない。お願いします」

無言で馭者《ぎょしゃ》台から降りてきて踏み台を引き出しはじめたのは、むろん佐藤ではない。新たな町の募集に応じてきた、なんでもオランダの農場生まれだという若い白人だ。元バックパッカーで、妻はずっと年上ふうの日本人。ふたりして庭の手入れをしているところに出くわし、話しかけたことがある。喋りはもっぱら妻の役目で、夫のほうは一言も発さなかった。車上で眺めるゴーストの尻は、じつに老いていた。高さからして三年前とは違っている。肉は落ち、ところどころ骨がじかに皮膚を支えているかのようだし、尾も毛量を減じている。ユキの忠告は適切であり、その馬車を牽《ひ》く速度は、体感として三年前の半分だった。景色を眺めているそぶりで、憤然《ふんぜん》とハンカチで鼻を被ったままでいる彼女を視界に入れ、厄介なことになったかもしれないと思った。今後ユキは自分を避けるだろう。一方で木根原から絞れるだけを絞り、その身を破滅させたところで良心の呵責《かしゃく》も感じまい。木根原の狂気が進行するまえに対策を講じなくては。

「二週間前のご様子はいかがでした」馬車の旅にやや退屈しはじめ、すこしは機嫌をとっておくのが得策かと思い直して、ユキを頼っている素振りで訊いた。

「べつに、まえ来はったときと変わらず」そっぽを向いたまま答える。

「一日じゅうコンピュータの前？」

「インターネットがいちばん情報が集まるし、理沙ちゃんに会えそうだって」

思わず吐息した。「健康面や情緒面はどうでしょう」

「私、お医者じゃありませんから」

「そうですね。食欲は」

「ぜんぜん。でも赤身のお肉は食べやすいって云わはります」

「気分は安定している？」

「ときどきかっとなられたり、しくしく泣かれたりはしますけど、昔みたいに暴れる気力は無いみたい」

　無いのは気力ではなく体力だ。ストレスは人を殺す。物理的圧迫となんら変わりない。理沙を永久に喪うよりも都市伝説の世界に逃げ込むことを木根原は選んだ。相対する現実が、たえず荊《いばら》のように彼の身を苛《さいな》む。苦痛を凌ぐために、アルコールや、通販ででも入手しているらしい怪しげな薬に頼っては、いっそう肉体にダメージを与えている。その衰えきった身を支えているのは皮肉にも、理沙は生きているという狂信が発する、気力だ。この三年で木根原は小さくなった。そう見えるというのではない。もともと大柄な男ではなかったけれど、昨今ははっきりと〈彼女〉よりも背が低く、華奢《きゃしゃ》だ。骨が縮んでいる。頭蓋も萎縮して、今や〈彼女〉の両手で包み込めてしまいそうだ。髪の毛はまだらで、よく見ると一本一本が兎の毛のように細い。典型的な神経性脱毛である。

　黄昏になり〈彼女〉はサングラスを平時の眼鏡に掛け替えた。橋の上でゴーストが立ち止まり、小便を始める。ユキが顔をしかめて子供のようにいやいやをする。〈彼女〉は彷徨わせていた視線を、灰色に揺らぐ川面に注いだ。浅い水底から突き出して流れを分けている木片に、なにかを思い出しかけたのだが、像をむすぶまえに馬車が動きだした。近づいては離れていく外灯だけを意識しながら残りの道程をやり過ごして、木根原邸の前に到着した。馬車から地上に降り立った瞬間、はたと、橋上で思い出せずにいたのは、幼い頃、デパートの地下食料品売場にあった、量り売りのキャンディの廻転ワゴンではなかったかと思い至った。そうに違いない。貧しい母子がデパートに出掛けたとて、目当ては閉店直前に半額になった魚の切り身や総菜である。母親がそれらを物色しているあいだ、ワゴンの縁に肘をのせ、包み紙の輝きがゆったりと流れていくさまを見つめるのが金糸雀と好実の楽しみだった。メタリックな赤や緑、透明なセロファンごしのオレンジ色、乳白色。凝視していると、動いているのは自分や金糸雀や店内の景色のほうで、キャンディを詰め込まれたワゴンが地軸であるかのように感じられはじめる。その錯覚が好きだった。キャンディをスコップで袋に詰めたり、買ってもらって食したといった記憶はまったくない。買ってほしいとも思わなかった。ワゴンから取り出されたら最後、それらが魔力を失ってしまうことを子供心に理解していた。〈彼女〉は馬車の前にまわってゴーストの顔を撫でた。ゴーストは厚い瞼を瞬かせた。

　幾つかの窓が明るく、そのことが〈彼女〉を安堵させた。ユキがガレージの鍵を開け、工房に灯りを点す。ドアを閉じるとき〈彼女〉は、その建付《たてつ》けが以前よりずっと悪くなっていることに気付いた。家が捻れを増しているのだ。心淋《うらさび》しい思いにかられたが、今の木根原の住居にはいかにも相応しい。制作中だったオブジェさえタイトルをつけて売り払われ、その搬出のためかマテリアルや作業台も整理された工房は、理沙への捧げ物だけをぽつぽつと並べた私営ギャラリーと化している。かつて自分の日常をも飾っていたそれらを目でかぞえ、やがてある事実を発見して、慄然と足を止める。「重松さん、数が足りない。チェロもキリンも無い」

ユキは振り返り、感情のぬけた声で、「売りました。せんせが売れって云わはるから」

理沙のチェロを？　「嘘だ」

「ほんまです。アール銀座に電話しろって、せんせが」

〈彼女〉は詰め寄った。「重松さん、貴方はちょっと、ひどすぎる」

ユキは気圧《けお》され、おろおろと辺りを見た。「せんせ」

「龍神、ユ……ユキの云うとおりだよ」住居のドアが開いていた。ジャケット姿の木根原が下りてきた。

「なぜ」と問い返しながら〈彼女〉は別のことに唖然となっている、まるで時計が三年ぶん逆廻りしたような、木根原の、どもりがちながらも張りに満ちた声と、凛とした風情に。

「こ……ここに置いてても、意味がない。な……なるべくまとめて保管してくれる、都心のコレクターか美術館にしか売らないように……頼んである。理沙……理沙のネットワークに戻すんだよ。帝都《ていと》……新聞から連絡が？」

「なんですか」

「偶然か。いや、ちょ……ちょうどよかった。上がれよ」

リヴィング・ダイニングはいつになく片付いていた。テーブルには赤ワインを移したデキャンタ。カウンターに凭《もた》れてたばこを喫いはじめた木根原を、〈彼女〉は突っ立ったまま見つめた。ウールのスポーツシャツに青いツイードジャケット。下はゆったりとしたジーンズだが、おそらく最初からゆったりしていたわけではない。

「め……珍しいかい」と〈彼女〉を見返して微笑した。「久しぶりに……引っぱり出して着てみたら、ぶ……ぶかぶかだ。痩せたもんだ」

「お客さんがみえるんですか。お邪魔だったら帰りますが」

「いや……おいユキ」

「はい」

「こ…… 寿《ことぶき》亭に電話して、二人ぶん……追加と云ってくれ。君らのだ。それだけで通じる」

「誰がみえるんですか。帝都新聞というのは?」

「来れば分かる。す……坐れよ」

木根原がさきにテーブルに着いた。〈彼女〉は向かいに坐り、その痩せた猿のような顔を観察した。内臓機能の不全が黄疸《おうだん》ぎみの顔色に顕れているのは相変わらずだ。しかし無精髯はきれいに落されているし、まだらに抜け落ちている髪は、すくなくともざんばらではなく、見苦しくない程度に短く刈られていた。調髪に行ったのだ。

「飲むか」

「お茶を」

彼は破顔して、「ユ……ユキ、紅茶。俺にも」

ユキは憤然とした態度で、受話器を持ったままカウンター内に移動した。

「お元気そうに見えます」

「げ……元気だね、ここ数年になく」

「何がありました？」

「龍神、俺は……運命に打ち勝ったぞ」彼は次第に声をひそめた。「理沙を見つけた」

〈彼女〉は反応の仕方に困り、デキャンタにほどこされた切子細工の煌《きら》めきを、頭を動かしながら眺めた。デキャンタを中心にして、自分や木根原や、カウンターの向こうのユキの背中が廻転しているような気がした。「どこで」

呼《よ》び鈴《りん》が鳴った。木根原はみずから玄関に出ていった。やがてふたりの男を伴い、談笑しながら戻ってきた。黒革のコートを着た長身で恰幅《かっぷく》のいい中年と、対照的にひどく小柄で眼鏡を掛けた白人の老人。立ち上がった〈彼女〉を木根原が紹介し、黒革の男が老人に英訳して聞かせた。脳神経外科医という肩書、あるいは理沙の主治医であったという事実に反応して、レンズの奥の目に警戒の色がはしった。

黒革の男が名刺を出した。「帝都新聞企画室の皆実《みなみ》です。木根原先生には以前からお世話に。そしてこちら、セントルイス州バーンズ病院のドクター・ホロヴィッツ」

老人が小さな頭を上下させる。尖端的医療で名高い私立病院だ。

「み……皆実くん、龍神はね、さっき偶然来たんだ。まだ、な……何も知らない」

ほお、と皆実は目をまるくした。「まさに奇遇《きぐう》ですね」

「奇遇……そう、奇蹟の前兆だ。説明してやってもらえないか」

皆実は間違いなく躊躇した。しかし笑顔をつくり、「もちろんです。喜んで」

全員がテーブルに着き、ユキが紅茶とワイングラスを運んできた。ホロヴィッツが紅茶を指差し、木根原が譲った。

「メディカル・サイエンス誌に載った論文の……ああ、じゃあ頂《いただ》きます」皆実はグラスを取ってユキが傾けたデキャンタからワインを受けた。香りも確かめずにいきなり呷《あお》り、

「ホロヴィッツ博士の論文の要約を、木根原先生がインターネット上に見つけられたのです。かねてからバーンズ病院では、癲癇《てんかん》発作の原因究明と治療のため、患者の頭部を切開し、その脳の表面に多数の電極を取り付けるという手術をおこなってきました。先生には釈迦《しゃか》に説法でしょうか」

「そういう治療があるというのは、もちろん。ただ私は臨床ですから、あまり尖端的なことは」

「一昨年からおこなわれている実験は、その治療を応用したたいへんユニークなものです。例えば事故などで腕を失った人が、義肢として取り付けたロボットアームを、脳からのサイン、具体的には脳波の周波数変化をスウィッチにして操作できないだろうか——そういった可能性を探る実験です。くだんの電極を有する患者たちから被験者《ひけんしゃ》を募り、そして彼らに電極を通じて直接、装置を操作してもらうのです」

「ロボットアームを？」

「いえ、まだそのレベルでは。動かしてもらうのは単純なヴィデオゲームです、ただ標的を狙うだけの」

「うまくいってるんですか」

「操作できる被験者もいるそうです。ちょっと」皆実は〈彼女〉に掌を向け、ホロヴィッツに英語で問いかけた。ホロヴィッツが答え、皆実は頷き、「お分かりでしょうか、実績としては三十名のなかの二名が多少操作できるようになったに過ぎず、標的を正確に捉えるのはより困難が伴うと。昨年夏から、同様の実験が東京とベルリンでもおこなわれはじめています。木根原先生はその予定を知り、どこの病院のことなのか調べるよう、私に依頼してこられたというわけです。私が在籍しています企画室とは、分野をとわず最終的に弊社がスクープを得られるよう、事前調査や調整をおこなう部署でして」

「探偵のように？」

「そういう側面もあります。けっきょくホロヴィッツ博士に直接コンタクトしました。そして弊社のバックアップを条件に、未だ論文として発表されていない最新の情報まで、こうして共有できることに。このたびの来日は新規の実験と一部患者の追試のためです」

「実験はどこの病院で？」

「港区の聖母会です」

一流とも新進ともいいがたい名前が出てきたことが、〈彼女〉を愕かせた。二十年前の医療を平然とおこなっている病院というイメージしかない。「聖母会病院にそんな実験がおこなえるような……聞いたことがありませんが」

「もちろん博士の御指導のもと、凡《すべ》てを一新したのです」

「俄《にわか》には信じられませんが……実験はうまくいってるんですか。何人を実験したんです」

皆実はまたホロヴィッツと会話したあと、「今のところ十三人ですが、バーンズ病院と同一のシステムではどうも芳《かんば》しくありません。日本語という言語の特殊性が妨げとなっているのかもしれません。ただし実験の主眼とは無関係なところで、ある特徴的な現象が」

「さ……三人が、理沙の声を聞いた」

〈彼女〉は木根原を振り返り、その黄ばみ、潤《うる》んだ眼を見つめた。

「理沙さんとは特定できませんが、実験中、たしかに少女の声が聞こえたと。体験はあるていど似通っています。東京というネットワークそのものとしての理沙さん、もしくはそれに似た存在を、我々は立証しえるかもしれません」

〈彼女〉はホロヴィッツの顔を凝視した。老人は不安そうに新聞記者に視線を送った。

〈彼女〉は皆実に、「理沙ちゃんについて、具体的には以前から？」

「ええ、もちろん。木根原先生とのお付き合いは五、六年になります。最初は、地下をデザインする、という連続特集で」

〈彼女〉は紅茶を啜り、カウンターの向こうでたばこを喫っているユキに視線を送った。

ユキは勢いよく煙を吐いた。〈彼女〉は微笑した。「貴方がたは、木根原さんを騙《だま》そうとしている。違いますか？」


昨日までにようやく百ギガバイトぶんのデータを移動させた真新しいデジタルプレイヤーにシャッフル再生を指示すると、まずジョージ・ハリスンのマイ・スイート・ロードが流れはじめた。一九七一年に世界中でヒットしたトラックではなく、ミレニアムに再発売されたATMPに入っていた、本人によるリメイクだ。

発表当時、このセルフカヴァーの評判は芳しくなかった。ノヴェルティを入れたいものの往時並みの曲はもはや創造できないという敗北宣言ともとれたし、深刻な病状の噂を裏付けるように声がまったく出ていない。まるで実年齢より二十も老いた、孤独な呟きだ。曲の後半、歌はハスキーヴォイスの女性歌手サム・ブラウンに任せてしまい、ハリスンはギターを弾き続けている。いささか饒舌なスライド奏法だ。絃を指で押さえるのではなく、指にはめた硝子罎や金属の筒を辷らせて弾くこの奏法は、固定された音程を持たず人の肉声に近い。音程が曖昧なぶん下手糞が弾くと聴けたものではないが、長い経歴を通じて一度としてテクニシャンと目されたことのなかったハリスンが、こればかりは抜群に巧い。ハリスンは翌年死んで、咽《のど》も肺も癌だらけだったことが報道された。声を完全に喪ったあとも彼は、このようにしてギターで歌い続けるつもりだったのではないか、歌うようなギターを弾く、のではなく本当に、ギターで歌う、ギターを声帯にする、というアイデアの実現を確信して、同曲はその声明だったのではないか、浅い酔いの波間にそんな淡い発見が浮かんだ。木根原が起きたら話してみよう——それまで憶えていたなら。

不規則に痙攣《けいれん》して波立つ、木根原のかさついた頬を見つめていると、自分の半分を金糸雀たらしめている特別な液体（宝石から滴《したた》る胆汁酸《たんじゅうさん》のようなもの）が全身の表皮に滲んできて、窓あかりや車内の人工光を撥ね返し、その柔らかな輝きにふたりして包まれているような気がしてきた。腺病質《せんびょうしつ》で臆病な少年の成れの果てが目の前で眠りこけ、こちらはその美しい姉であるという活人画《かつじんが》の設定には、しっくりとした現実感があった。自分たちは過去のどこかで記憶を取り違えたのだと〈彼女〉は思った。木根原はぽかんと唇を開いて、鼾《いびき》をかいている。隣席ではさすがに耳障りで、〈彼女〉は広島までの残りの時間を音楽と共に過ごすと決め、足許の鞄からプレイヤーを取り出したのである。

木根原がスコッチで満たされていたスキットルを空にしたのは、新幹線の座席についた三十分後だった。〈彼女〉もいくらかお相伴《しょうばん》にあずかったけれど、殆ど独りで飲んでしまった。しばらく眠っていないから、移動中だけでも眠りたいと云っていた。こういう場合の彼の「しばらく」は数日を意味する。深くは眠れないらしく今も十分おきに瞼を開いている。頭を動かして車内を見回し、自分がちゃんと認識どおりの場所にいるのを確認したのち、また霧のなかに吸い込まれるように目を閉じる。次のそういった短い覚醒を〈彼女〉は待ち構えていた。耳が塞がっていることを早めに教えておこうと思ったのである。

閉じていながらもきょとんとして見える木根原のまるっこい瞼は、風を受けているようにぴくぴくと動いて、眼球がREM状態にあることを示している。曲がゴー・ビトゥイーンズに変わった。砂の男から海の娘へ、という歌。代表曲からして十一拍子という変拍子好きのバンドにしては率直な曲調だが、やはりと云うべきか、ときどき余分な二拍が入り、中間には得意の十一拍子も現れる。

そして僕らは別れ　僕は独りになる
砂の男から海の娘へ――君に愛なるものを贈る
砂の男から海の娘へ――君に愛なるものを贈る
戻ってほしい　戻ってほしい　戻ってほしい

単純な詞と変拍子の組合せはちょっとした催眠効果を〈彼女〉に及ぼし、古い性体験の記憶が、珍しく苦々しさを伴うことなくフラッシュバックした。義兄は毅彦《たけひこ》といった。容貌といい所作といいなにかと異国風に見える、肌の浅黒い好男子であり、しかし好男子であることを押し隠して生きているふしがあった。好実が知るかぎり没趣味《ぼっしゅみ》で、学生らしい非望《ひぼう》を口にすることもなく、適度にやさぐれた弁舌や態度で自分をつまらない人間に見せたがった。

半透明の美徳とでも称すべきこの凡庸志向は、彼の父親にも共通している。たとえば替えジャケットを買うときの義父は、いったんは最上品に興味をしめして袖を通し、軽々とした着心地をたしかめた。そのうえで分不相応だと宣言して、いくらか格下の、それまでと代わり映えのしない上着に金を払うのである。すなわち美徳は龍神家を満たしている空気であり、よって好実の目には、高台にあるその住宅自体が半透明なまぼろしの城のように映った。

建増しを重ねられ複雑化した母屋とは別に、かつて社屋だったというツーバイフォーがあった。会社黎明期《れいめいき》の遺物の保管庫として使われる一方、二階部分は若い社員の寮として利用されていた。二つの建物を隔てる帰化植物に被われた菱形《ひしがた》の土地に、夏の昼など、佇《たたず》むと、捻れながら吹き抜けていく低地からの風が少年の髪をなぶった。風は日射しを織り込み、白濁している。母屋を囲む木々が大袈裟に揺さぶられ、ゆたかな葉をぎらつかせながら蠢き、そのうち建物全体が、一眸《いちぼう》できないほどに裾を広げた伝説中の大樹のように見えはじめる。自分ばかりが現実の側に居るような気がしはじめる。するともはや、振り返り見た離れの白い壁さえも大気の断層のようであり、たとえ二階の小さな窓から住込みの社員が顔を覗かせても、まぼろしの一部としか感じられないのだった。

内腿を這い上がってくるまぼろしの生きもの。翳った鋭角的な横顔。毅彦はあきらかに金糸雀を崇拝し、その想いの深きがゆえ、まともに対話することすら叶わずにいた。あの人は私の胸をじろじろと観察しているようだと金糸雀がもらしたとき、好実は乾いた笑いが込み上げるのを押し殺し、かぶりを振った。少年には瞭然たる彼の内心だった。目映《まばゆ》くて見られないのだ、義妹の顔が。

毅彦が金糸雀を眩しがるほどに、衝動の矛先《ほこさき》は面立ちの似た好実へと向いた。同級の少女の気をひこうとする小学生よろしく、義弟の一挙一動をからかい、その困惑するさまを愉しんだ。同時に悪ふざけをよそおって身体をしきりに接触させた。それらは瞬時であっても必ず、熱っぽい密着感をともなった。

金糸雀が茶毘にふされて一週間余りが経った晩、毅彦が部屋を訪れた。両手にビールの三五〇ミリ缶を持っていた。床に坐って、来いと云った。未だ自失したきりであった少年は、躾《しつけ》られた犬のように机の前からベッドの角に移動した。供養、とビールの片方を勧められた。黙って受け取り、飲み口は開けなかった。毅彦は金糸雀の本名を唱え、あれは俺たちが胸に抱いていたまぼろしだったと云った。そう自分に云い聞かせているに違いなく不遜な印象はなかった。まぼろしたちにとってのまぼろしとはどんなものだろうと少年は想像した。より高次な、天女のような存在ということか、それとも空蟬《うつせみ》とまぼろしは裏表で、まぼろしのまぼろしは太陽のように確固たる現実なのだろうか。

「僕には、ただの、普通の姉で」と好実は嘯《うそぶ》いた。

「お前は半々だな」毅彦は微笑した。「たまには帰ってくるのか」

「決めてない」

「あの部屋はそのままにしとくよう頼んだ」彼は金糸雀の部屋の方角を向いてビールを呷った。生者の部屋より死者の部屋の行く末のほうが彼には重大事らしい。もっとも好実も同じだった。「だが、そう長くは無理だろう。この家は遠からず滅びるよ」

「お義兄さん、会社継がないの」

「会社は誰かが継ぐ。俺かもしれない。でもこの家には、家の体裁を保っている理由がもう無い。たぶん親父は、お前のおふくろが欲しくて再婚したんじゃない」

好実はさっきの義兄が見たのと同じ方向に視線を投げた。意外な指摘ながら、過分ともいえる義父から自分たちへの篤志《とくし》と、その説明はいかにも辻褄が合っていた。

「俺は分かる。俺には分かる」と彼は繰り返した。「お前は鄭重《ていちょう》にされるよ、姉に似ているうちはきっと。大学もちゃんと出してもらえるだろう……間に合わなかったが、やっぱり医者になるのか」

少年は僅かに迷い、そして答えた。「なって、同じ病気の人を助けます」

「お前が転入する高校からなら、どこの医学部へでも入れる。ドロップアウトするなよ。卒業まで良い子でいるんだ」

俯いて頭を上下させた。

「眠れてるか？　夜」

毅彦は自分のビールを飲み干し、飲まないなら寄越《よこ》せ、と好実のビールにも手を伸ばし、温《ぬる》んでしまったそれを美味そうに飲んだ。翌晩の毅彦は、市販の睡眠薬の小箱を携《たずさ》えていた。分量を守れと云いながら箱ごと少年に渡した。

「もう寝ます」

彼は台所に行って水を汲んだ。そして規定の分量よりも一錠多く、まとめて呑みくだした。不眠とはいえないまでも、葬儀からこっち、けっして熟睡できずにいる。ゆめうつつの混濁のなか、過ぎた日々に発した言葉を悔やみ、発しえなかった言葉や、相手の言葉でさえも悔やんで、目尻に涙が溜まる。両手がじんと痺れる。瞼の内側が原色の粒子に支配される。ランダムに泳ぎまわって図像をなすその一粒一粒が、自分の悔恨《かいこん》や無力を映しているように感じられる。ときおり重い瞼を開いて一切を意識から追い払うが、しばらくするとみな蝿のように舞い戻ってくる。そうこうするうちにカーテンが明るくなっている。

部屋に戻ると、まだ毅彦はいた。机に立ててあった好実の参考書を広げて眺めていた。彼がパジャマに着替えはじめても部屋から出なかった。寝ますともう一度云って、部屋の電気は灯したままでベッドにもぐり込んだ。薬が効きはじめて思考がとろりとし、毛布に包まれた身が火照《ほて》りはじめた。

短い不条理な夢をみはじめた。冷たく固い手によってそこから引き戻された。毛布のなかに差し込まれた毅彦の手だった。好実は薄く眼を開いてまた閉じた。被さってきた肩が瞼越しのあかりを遮《さえぎ》り、少年は大空を横切っていく巨鳥のシルエットを夢想する。意識の別の層における彼は、義兄が間違って金糸雀の名を呼ぶのを待ち構えていた。しかし部屋から出ていくまでの長いあいだに、彼は一度も間違えなかった。

好実が新しい学校のある南九州へと発つまで、殆ど毎晩、毅彦は部屋にやって来たけれど、けっきょく一度として呼び方を間違えることはなく、ふしぎなことに間違えなかった回数ぶん、彼はその存在が稀薄になっていくようであった。正しい呼吸を忘れた金魚が、懸命に水面で口を開けながら衰えていくようだった。

毅彦は会社を継がなかった。大学の哲学科を卒業するやチベットに渡り、消息を絶った。

不意に片方のイヤフォンを引っ張られた。耳の入口に生じた隙間から、生暖かな吐息交じりに、

「さっきジョージ・ハリスンを聴いてたか」と問われた。

〈彼女〉は両方のイヤフォンを外して、「音洩れしてましたか」

「いや……いや、夢のなかで聴いていた。目を開けたら君がそれを」木根原は〈彼女〉が手前に倒したテーブルのプレイヤーを指差し、「半分冗談で訊いたんだが、そうか、聴いてたのか」

まさかその後の思考まで伝わっていたのではないかと〈彼女〉は訝《いぶか》りながら、慎重に、

「マイ・スイート・ロードを。リメイクですよ」

「それだ。聞こえてたよ。や……やっぱり音洩れかな」

「そうでしょう。すみません、音がすこし大きかった」

「し……知ってるか、あれでリズムギターを弾いてるのはハリスンの息子なんだよ」

「知りませんでした」

広島に着いた。駅に隣接したホテルのツインルームに入ると、木根原はすぐさまベッドに枕を重ねて横たわった。なにか酒、と呟いた。〈彼女〉はスーツケースをベッド脇に置き、手提げ鞄だけ摑んで、

「自分でルームサーヴィスを呼んでください」

「どこに行く」

「観光。せっかく来たんですからね。暗くなるまでには戻りますよ。香月《かつき》さんが来るのは

八時だ。寝ていていいですよ。それとも一緒に観光します？」

「御免だ」

「緊急の場合は携帯に連絡を」

ロビィから牧《まき》に電話した。事務所へ向かえばいいのかと訊ねると、やや慌てたような調子で、食事でもしながらと店を指定してきた。店名に眉を顰《ひそ》めた。土地勘がないので住所を教えてくれと乞うとまた飲食店らしき名前を出して、その隣と云えば分かるでしょうと答えた。

ロータリィに行列していたタクシーの先頭に乗り込んで、木根原の前ではついぞ開けずにいた報告書に、改めて目を通す。もっとも〈彼女〉の目には、報告書とは名ばかりのお粗末な代物である。興信所の調査というのはこの程度のものなのか、それとも悪徳業者に引っ掛かってしまったのか。聖母会病院は実験室を見学させてくれたが、被験者の個人情報は出さなかった。木根原は皆実を呼び出し、帝都新聞は握ってるはずだ、と詰め寄った。そのときは知らされていないの一点張りだったが、後日、木根原が別のかたちで交渉したらしく、理沙の声を聴いたという三人のものに限り、皆実は資料を出してきた。伏せ字だらけの三枚のぺらを見せられたときも嘆息したが、今は病歴中心のそちらのほうが、まだしも人間性を類推しやすかったと感じる。

タクシーは猥雑な繁華街をのろのろと進んで、不意に停まった。降りて、看板の下の間口の狭さに愕いた。店を覗き込み、そこがカウンターがあるだけの立ち飲み屋であることにまた愕く。まだ日は高いというのに四、五人の客がジョッキやビールグラスを傾けている。奥に立っている長身の男が手をあげた。〈彼女〉は他客の背と壁の間の狭い空間を進んだ。

広島に心当りの興信所など無いので、インターネットで検索し、サイトの印象が良かったところに電話していった。調査のどの段階をもって成功とするかの共通認識がない以上、成功報酬制を謳《うた》っているところは避けたほうがいいと聞いたことがあり、最初の興信所はまさにそれだった。次にかけた所にその話をすると、さもありなんと痛烈な同業者批判が始まった。サイトにも傾向は見て取れたが、ここはマスコミへの登場実績がたいそう誇しげだった。三番にかけてみたのが、牧の所属する興信所だ。前二者と比較すれば味気ないまでに事務的な応対で、その覇気《はき》なさげなさまを堅実さの顕れと感じた次第だが、とんだ眼鏡違いだったようだ。

見たところ牧は木根原と同年配。伸び過ぎた髪を後方に撫でつけ、髯を短く広範囲に生やしている。てろりとした風合《ふうあい》の臙脂《えんじ》色のシャツに、細身のフィールドジャケット。

「龍神さん？」と小声で訊いてきた。

〈彼女〉は無言で頷き、サングラスも取らなかった。

彼は機嫌をとるように歯を見せて笑い、「僕が食事前だったんで、ここでと思ったんだけど。お食事のほうは」

「新幹線のなかで軽く」

「そうでしたか。でもお腹に余裕があったらなにか。旨いんですよ、ここ」彼は店員にグラスを頼んだ。濡れたままのが、とん、と来た。彼はビールを注ぎ、「今日はもう外での用事がないんで、軽くやってましたけど」

「例の本は」

「版元に残ってましたよ。いま出します？」

頷いた。牧は腰をかごめて足許の鞄から青いプラスティックの書類入れを出し、薄汚れたカウンターの上に置いた。その小ささに拍子抜けしながら、蓋を開ける。二色刷の表紙がついたB6判の冊子が、追加料金の請求書と一緒に入っていた。モリンホールの音色、と題されている。著者は香月邦夫《くにお》——今夜面会することになっている、ホロヴィッツ実験の被験者だ。なかの一頁を眺めた。散漫な配置の横書き文。「モリンホールというのはなんでしょう」

牧はまた笑い、「僕も気になってたんで出がけに検索をかけてみたら、馬頭琴《ばとうきん》のことでしたね。楽器。モンゴルの」

請求書は畳んで財布に入れた。書きこまれていた数字は意外と小額だった。「リーズナブルですね」

「その本に関しては、実質一時間くらいしか動いてないから。あとここの料金も経費ってことでいいですか」

「一緒に振り込みますか」

「あ、いや、出るときに払ってくれれば」

「了解しました」

牧はほっとしたような風情で、モツの煮込みや串焼きや漬け物、それに新しいビールを頼んだ。「正直なところ、肩透かしだったでしょ」

「なにが？」

「報告書。でもね、御希望の範囲の調査だと、どうしてもああいうことになっちゃう。病気の詳細は不要ってことでしたし」

「病歴は分かっていますから。だが正直、いくらか苦情は云っておこうと思いながら来ました」

「きっと龍神さんとしちゃ、被験者の人間性が疑わしいってことで否定なさりたいわけですよね、そのなんたら実験の結果。でも、証言の信憑性《しんぴょうせい》についてはなにも云えませんけど、人物像としては本当に報告書のとおりなんです。子供の頃から一貫して優等生で、前科はもちろん、非行歴もなければそういう友達も見当らない。報告書に書いたとおり今は家業のスーパーを手伝ってますが、御覧になると分かりますけど立地条件がいいんですよ、この御時世に支店を計画するほど儲かってるそうです。つまり金に困って買収に乗りやすいという環境もない。勤務態度は模範的で、お客のあいだでの評判も上々。高校時代の同級生と、親公認の交際を継続中。すなわち性的な放埒《ほうらつ》さや歪みの疑いもなし」

「そういえば報告書にはありませんでしたが、その交際相手というのは——」

「身元？　いちおう調べてあります」牧は再び鞄を開いた。クラフト紙の封筒を取り出し、「御依頼の範囲じゃないんで、これは個人的なアルバイトというかたちで、分かりますか、つまり」

〈彼女〉は溜息まじりに、「別料金」

「振込口座も書いてありますから」と封筒を突き出してきた。

「さきに金額を」

「調査料の一割でどうですか。つまり一割増し」

「高い。要らないよ」

「いやいや、その半額、五分でいいです。実費も抜き」

頷いて封筒の中身をあらためた。期待はしていなかったが、やはり履歴書《りれきしょ》程度の略歴が、ぺら一枚にワープロ打ちされているに過ぎなかった。田ノ上諒子《たのうえりょうこ》。地元の女子大を卒業後、地方銀行に勤務。特技は電子オルガン。

「本店の受付に居ましたよ。清楚《せいそ》な美人です。明日にでも御覧になったら」

「残念ながら朝一番で名古屋に向かうんです。率直に、プロの目から見てどうですか」

「どうって？」と愚鈍そうに首をかしげたが、目には狡猾《こうかつ》な輝きが宿っている。「証言の信憑性ですか」

「まあ、そうです」

彼は笑いながら首を振り、「個人的な見解を述べるのは職務じゃありません。調査報告と混同されても困るし」

「はい」と〈彼女〉はいったん素直に引き下がった。ビールに口をつけ、「お言葉に訛りがないけれど」

「そんなこともないですよ。大学が東京だったから、多少は相手に合わせますが」

料理の鉢や小皿が並びはじめた。どうぞと割箸を渡されたので、煮込みをすこしつまんだ。「さっきの、一割でいいですよ。相談料も込みなら」

牧は鼻を鳴らした。串焼きに食らいつきながら、「どんなふうに訊かれたか、じゃないですか。優等生のままおとなになった人間は、評価を気にする。どう振舞えば普通に見えるか、どう答えれば相手が喜ぶか、が行動の基準になりがち。一般論ですよ」

予定が詰まっているのでと嘘を云い、暗算した額よりやや多めに金を置いて店を出た。傾いた陽が街路や自動車をだんだらに、黄色く輝かせている。タクシーが来たのと逆方向に歩いていると、やがて通りの先にぴかぴかした路面電車が現れて消えた。

停車場で目当ての電車を待っているあいだ、そして座席で終点まで揺られているあいだに、モリンホールの音色は読み了《お》えてしまった。香月邦夫は四年前、無事成人できた記念にこれを自費出版した。長らく書きためていたという詩とも散文ともつかない創作群は、否応ない未熟さを差し引いても、鑑賞に耐える代物ではなかった。致命的に独創性がない。十代の若者が、それまでに消費してきたポップスの詞や映画の筋書を懸命にコラージュしている。

おもに持病について語った後書《あとがき》が、もっとも鑑賞に耐えた。十七歳で側頭葉癲癇《てんかん》を発症。この病態は突発的な一点凝視、及び口をぺちゃぺちゃいわせたり手をもぞもぞさせたりといった、自動症を特徴とする。本人はまったく記憶していない。現在は薬物療法によって症状を抑え込んでいると記述にはあり、同療法への謝辞がのべられているが、皆実が出してきた資料によれば、その後、悪化。外科的治療が検討されるに至る。軟膜下皮質多切術《MST》に力を入れはじめていた聖母会に、大学を休学して入院。内科的検査では焦点診断がつかず、頭蓋内に電極を留置。そしてホロヴィッツ実験の被験者となった。MST後の経過はきわめて良好で、記憶障碍、学習障碍の傾向も見られず、二个月後に退院、帰広。

ホテルの部屋に木根原の姿はなかった。バスルームも空。心配になりロビィにとんぼ返りする。ラウンジを見回していると後ろから肩を叩かれた。ぎょっとして振り返ると、木根原が立っていた。「サ……サングラスを取れ」

狐につままれたような心持ちで、鞄から眼鏡ケースを出し、掛け替える。

「二度、無視された。笑いながら手を振ったのに、ば……莫迦みたいだった」

「なんとなく気が急《せ》いていたものですから。面会前に食事を済ませておくなら、そろそろレストランに」

「君は、食事の心配ばかりしている」

「私が心配しなかったら永久に食べないでしょ」

彼はラウンジの一角を指差し、「そこにいたんだ。な……なにかつまめばいい、一緒に」

ソファの上に木根原の革の上着がうずくまっている。テーブルにはワインのフルボトル。

「一本めでしょうね」

木根原は答えない。

「酔いつぶれないでくださいよ」

「大丈夫……大丈夫、自制してる。なにしろ理沙の声を耳にした人と、対面するんだこれから。自制してるよ。ただ、ちりちりとね……じっと君の帰りを待ってると、つまらない現実がちりちりと皮膚を這い上がってくるようで、耐え難くてね。俺はどうも、みなが信じてるのと同じ現実が、大嫌いらしいぜ」

香月青年は牧が言及していた恋人その人に付き添われ、ラウンジに下りてきた。意外なほどの健全美をたたえた、逞しい若者だった。スポーツブランドのロゴが付いた真新しいトレーニングウェアを誇らしげにまとい、同じロゴの入った布帽を被っている。田ノ上諒子は、なるほど楚々とした美人だ。しかし香月がどのように伝えたものか、東京から訪れた二人連れに反感を抱いているのは、間違いなさそうである。恋人の後ろに隠れて進みながら、浮游する羽虫のような双眸でこちらを観察している。

「おもに私が質問します。いいですね」〈彼女〉は木根原に囁いた。

「なぜ」

「医者ですから。それに酔ってない」

「か……勝手にしろ」

香月が向かいに来て帽子を取る。短い髪は洒落たスタイルに調《ととの》えられている。〈彼女〉は握手のために右手を伸べようとしたが、若い男女はそのまえに腰をおろしてしまった。〈彼女〉と木根原も坐った。

木根原がふるえを帯びた声でウェイターを呼び、メニューを要求した。〈彼女〉はファイロファクスに仕舞ってある名刺を抜いて、テーブルに置き、

「その後、いかがですか」

「体調ですか。いいです。とても」

「私たちのことは聖母会からあるていどお聞き及びと思いますが」

「や」彼はよほど大事であるかのように頭を振った。「ただ電話で、別の病院の先生が見えるからとだけ」

「そうですか」〈彼女〉はシステム手帖の頁を繰った。「いいんですよ、予備知識は不要ですから。ええ……香月邦夫さん、貴方は去年の十一月にホロヴィッツ博士の実験の被験者となられ――すなわち七人めの被験者であり――被験中に女の子の声を聴かれた最初の人物です。また先頃、来日された博士にお会いになっている。間違いありませんか」

香月はそわそわと視線を揺らしながら、「実験はもう終わったと聞きましたが」

「ええ、終わっていますよ。別の角度からも検証してみたいというだけです。その名刺のとおり私も脳神経外科の臨床医で」

香月の視線が木根原に向く。もうひとつの自己紹介を待っている。理沙の、と木根原が口走る。

「こちらは木根原さん。その種の現象の専門家です」と〈彼女〉は遮り、テーブルの下で彼の足を蹴った。メニューが運ばれてきた。男女は同じソフトドリンクを頼んだ。

「今、そっちの人がリサと。理沙パニックのですか。僕が見たんは、やっぱり理沙？」一時的にだが、香月のまなざしから怯えの色が失せた。三年前の体験を語っているときの、蓮花の目が思い出された。血も涙もない荒ぶる女神は、どうしたことかある種の人間を強烈に惹きつける。

「いやいや、無数の仮説のうちの一つです。木根原さんが研究なさっているというだけで」

「理沙いう子は、噂のとおり実在したんでしょうか」

「私は存じません」微笑まじりに嘘をつきながら、気付いた。「ちょっと待って。さっき、見た、と仰有《おつしや》いましたか」

「少女を？　はい」

「レポートには声を聴いたとしかありませんでしたが」

「あ」再び眼差しが揺らぎはじめる。「先生には云うとりません。なにか聴こえましたか、としか訊かれんかったし」

〈彼女〉は絶句した。言葉が出ないのをごまかすために珈琲を口に運んだ。口調をことさら穏やかにして、「安心して。責めているわけでもなんでもありません。だいいち私は貴方の主治医ではない。気楽に話してほしいんです。貴方は実験中になにかを見たが、それは訊ねられなかったので話さなかった、ということですね」

青年は頷いた。「幻覚を見たいうことになったら、手術んとき脳を余計に切られる思うて。でも声のほうは、聴こえましたかと仰有ったんで、普通は聴こえる実験なんじゃと思うて、正直に答えました」

誘導があったのは間違いない。〈彼女〉は木根原を見た。彼はソファに軀を沈めたまま微動だにしなかった。顔は香月のほうに向けているものの、眼は宙を凝視している。

「もうすこし詳細にお訊ねします。実験は聖母会病院の北病棟に特設された実験室でおこなわれました。私も見学させていただきましたが、なかなかの設備ですね。広くはないけれど」

「はい」

「実験中の貴方はステレオスコープを装着されており、本来ならばヴィデオゲームの映像しか見えない。これもちょっと操作させてもらいました――私の場合はもちろん手動のコントローラを通じてですが、ただ闇のなかに標的が浮かんでいて、それを撃つだけの単純なものですね」

「はい、ダーツみとうな」

「そこに少女が見えた。標的と重なり合ってですか」

香月はこちらを探るような目付きで、「その向こうに。でも近いような感じでした。手を伸ばせば届きそうな」

「少女は近くにいるんだけれど、その手前に標的も見えていた」

「はい、眼鏡に標的が描いてあるみとうな」

「少女の姿は明瞭でしたか」

彼は首を傾げた。「あんまり」

「何歳ぐらいに見えましたか」

「十……二三でしょうか」

〈彼女〉はまた木根原を見た。俯いている。

「顔や服装まで判りましたか。あるいは髪型」

「いえ、顔立ちはまるでぼんやりで」と小首をかしげる。「前髪は目の上くらい、なんか
おかっぱが伸びたみとうな」

〈彼女〉は青年の恋人を盗み見た。「衣服は」

「全体が白っぽく発光しているような感じに見えました」

「全体が白いということは、するとワンピースでしょうか」

「たぶん」

「長袖？」

「……ええ。手が半分隠れるような」

「たとえば、襟元がどんな感じだったとか憶えていますす？　大きく開いていたとか、閉じ
てたとか」

「そこまでは……でもたぶんですけど、こう」と香月は顎の下に指を辷らせ、「ちょっと
高い感じの」

「スタンドカラー？」

「かな。前はこう、深い合せで」

「チャイナ服のような」

「いやチャイナというか」

「モンゴル風？」

香月の表情があかるくなった。「そう、そう」

「あの衣装はなんていうんでしょうね」

「デール」

「へえ。お詳しいですね。旅行されたことでも？」

青年は軽く頭を振り、「でも、いつか行きたいです」

〈彼女〉は満面の笑顔をつくった。「きっと行けますよ。で、声らしいものも聴かれたんですよね。それも少女の声？」

「はい。たしか一言だけですが。澄んだソプラノで」

「ソプラノですか。実験中、耳は塞がれていませんよね。実験室に女性は？」

「居《お》られんかったと思います。看護師さんも男で」

「機器の音がそう聴こえた可能性はどうでしょう。あると思われますか」

「いえ、言葉でしたから」

「話しかけられた?」

「たぶん。ただ聖母会の先生らにも云うたんですが、言葉じゃいうんは判っても、はっきりとは聴き取れんかったんです。日本語かどうかも」

「似た言葉を思いつきますか」

香月は膝の上で手をもじもじと動かした。やがて意を決したように、「助けて」

「あ……ありがとう」木根原がとつぜん大声をあげた。ソファから腰をあげ、テーブル越しに香月に握手を求める。「おおいに参考になりました。充分ですよ」

香月は狐につままれたような顔つきで手を握り返し、「もうええんですか」

「充分。充分」

彼らの飲みものが運ばれてきた。木根原は上着を抱えて階段を指差し、そそくさとテーブルを離れていった。バーに向かっているらしい。

「ちょっと別件がありますので失礼します。どうぞゆっくりとお飲みになって。会計は我々の部屋に付いています」

早足で木根原のあとを追う。階段の途中で並んだ。

「な……なんだあれは」彼は摑みかかってきた。

「暴力反対。私が被験者を選んだわけじゃありません」

「十二三歳?　伸びたおかっぱ?　どこの国のいつの時代の理沙だ」

「それは、私が誘導しました」

「澄んだソプラノときた。り……龍神、君も聴いたことないだろうから教えてやる。理沙の声はな」耳許に顔を寄せてきた。「子供だてらに俺ゆずりのハスキーヴォイスだ」

「親子ですもんね」木根原の手をほぐし、顔に飛んだ唾液を拭う。「あのイメージは、彼が表層的には忘れてしまっているアニメかなにかの場面と、横にいた彼女との合成像でしょう。数年前彼が自費出版した本に原形と思《おぼ》しい描写が見られます。バーでお見せしますよ」

「なんでそんな物を持ってる」

「探偵を雇ったんです。ちょっとした出費でした」

木根原は目を剝いた。「ほ……ほかの被験者にもか」

かぶりを振って、「あとの二人は聖母会の患者じゃありませんから、主治医や看護師に話を聞けばいいかと。それに、最初に声を聴いた人間が重要だと思ったんです。その後の被験者に関しては、すでに実験の主眼がぶれていた可能性、それから無意識にでも誘導がおこなわれた可能性がある」

バーに達したのでいったん話を打ち切った。思いのほか盛況でテーブル席はみな埋まっており、カウンター席に案内された。木根原は十八年もののスコッチを頼んだ。〈彼女〉は同じ酒のソーダ割りにした。すこし飲みたかった。

「でっちあげているという意識は、おそらく彼にはないんですよ。喋りながら同時進行で、自分はちゃんと思い出しているという認識を完成させているんです」

木根原が腕を小突いてきた。いつしか田ノ上諒子が、木根原を挟んでカウンターに寄り添っていた。

「邦夫くんにはお手洗いと云ってありますので、手短に。でも本当は私、お医者は大嫌いなんです。両親とも病院に殺されたと思っています。だから邦夫くんについてものすごく心配しています」甲高く線の細い声――ソプラノ。

〈彼女〉は努めて穏やかに、「聖母会について、なにか疑問が？」

「医療全般に対してです。私はどんなお医者にも協力する気はありません。ただ事実は事実として――ホロヴィッツ先生の実験のあと確かに邦夫くんは、奇妙な声が聴こえたと話していました。ただし彼が実験に協力したのは、十二月です。クリスマスの直前」

「彼の勘違い？　しかし聖母会からも十一月と聞かされていますが」

「口裏を合わせたんだと思います。理由は私には分かりません。邦夫くんは、今日会う先生たちは聖母会の成果を盗もうとしているかもしれないので、何から何まで真実を話す必要はないんだと云っていました。変だと思っても、私は黙っていろと」

「出来レースだ」〈彼女〉は嘆息した。「彼が声を聴くことは予定されていた。彼は傍証に利用されたに過ぎない」

酒が来た。諒子は一礼して去った。黒くまっすぐな髪を振り切るように揺らし遠ざかっていくさまが、まさしく、助けてと叫んでいるように見えた。

「俺には解らん」木根原がショットグラスを摑む。「彼らが理沙のまぼろしを現出させたところで、いったいどんな得になる」

まぼろしという言葉を彼が口にしたことに〈彼女〉はいくぶん安堵しながら、「事の本質はすでに見失われている。一つ、彼らを突き動かしていると断言できるものは、云うなれば理沙ちゃんへのアクセス権です」

「理沙は……誰にでも笑いかけるよ。憶えてるだろう、大勢がハンニバルを見た」

「申し上げにくいんですが、それは存命中の話です」

「そうだった」

「しかし重要なことです。彼女の恐るべきポテンシャルはその時点ですでに示されている。今後、仮に彼女の意識を客観的に捉えることに成功したなら、それは我々が初めて接する不死者であるとも云えます。すくなくとも生命の定義は崩れる。肉体の制約から逃れた存在だという意味においては、妖精や天使……神にすら近い。もちろん、すぐさま利権に繫がるといったタイプの発見ではないでしょう。いま起きつつあることはたぶん、南極点に誰が旗を立てるかという話に近いんです。最初はみな素朴な探求心、名声欲、そして使命感に突き動かされている。ブリザードに巻かれて方角を見失いたくない、ただその一心でいます。だが探険に投じられる時間や富や人命が増すにつれ、人々の脳裡にたなびく旗は、異様なまでの輝きを纏《まと》いはじめる。仮にその立っている場所が、本当の南極点ではないとしてもね」

「きっと君は……君は俺も、似たり寄ったりの愚行に走っていると思うんだろ。だから探偵など雇う」

〈彼女〉はゆっくりと大きく頭を振った。「どう説明すれば解っていただけるかな。まずですね、ホロヴィッツと聖母会の試みは、あきらかに手順を間違っています。一見科学的なようですが、じつはそれらしき現象を発見できたら理沙なる名前を与えてしまおうという、乱暴な擬似科学に過ぎない。だからこそ彼らは木根原さんの御墨付が欲しい。理沙ちゃんを理沙ちゃんと認証しうるのは、今のところ貴方の直感だけだからです。そして私は、貴方に利用されてほしくない。貴方はインターネット上でホロヴィッツ論文の要約を見つけられた——見つけたと思っていらっしゃる。私は撒き餌《まえ》じゃなかったかと疑っています」

「莫迦な」

「私も読みましたよ。なぜか最新版なるものに差し替えられていましたが、さいわい独立系の検索サイトに古いキャッシュが。論文はあくまで米国での実験にまつわるものです。すなわち理沙パニックを引合いに出す理由などどこにもない。なのにわざわざ日本での経過を付記し、そういう言葉を使っている。ちなみに最新版では付記は消えていました」

「俺に検索させるためだと？　俺だけのためだと？」

「断言はしません。貴方がどんなふうに日々を送られているかを把握している人間には、容易《たやす》い手品だとのみ。そのうえ渡してきた資料は改竄《かいざん》されている。ホロヴィッツも聖母会もですが、なによりあの皆実という男、胡散《うさん》臭いです。あまり信用なさらないほうが」

「俺が決める」

「今から電話しますね」

「皆実にか」

「はい。彼の言い分によっては、明日名古屋で降りる必要がなくなりますから」

携帯電話を開いたが電波が通じていない。ロビィに上がった。ついでにラウンジを覗いてみた。香月たちの姿はすでに無かった。

皆実は待ち構えていたように出てきた。「こちらからお電話しようと思っていました。面談はうまく？　じつは悪いお報せが」

「こっちも悪い報せです。資料が改竄されていた」

「どういうことです？」

「香月邦夫さんは、木根原理沙の声――それらしきものを、最初に聴いた被験者ではない。実験はもっと後だ」

「本当ですか。彼自身がそう？」

「彼の恋人の記憶です。付添いで来ていた」

「彼自身はどう云ってたんですか」

「彼は……資料どおり十一月と。しかし女性のほうは十二月の下旬だときっぱり」

「資料が十一月、被験者も十一月だと明言しているんなら、龍神先生、その女性の勘違いと考えるのが妥当じゃありませんか」

「皆実さん、私もそう愚かじゃない。貴方がそう云い張るなら、なんらかの手段で反証して見せるにやぶさかではありませんが」

「待ってくださいよ。実験が十一月だったというのは、べつに私の主張でもなんでもないわけで」声の調子を極端に低めた。こちらが地声なのだろう。「ひょっとすると、仰有るとおり資料に不備があったのかもしれませんね。しかし一介のブンヤに過ぎない私に、そんなことを苦言されても困る」

黒だ。沸々《ふつふつ》たる思いの底の、〈彼女〉の醒めた部分がそう断じる。あらかじめ用意していた弁明だ。息を深く吸って吐き、「つい昂奮して失礼しました。仰有るとおりだ。ところでそちらのお話は」

「お前が殺したんだろうとでも云われそうで、伝えにくくなりましたよ」

「……いったいなにが」

「名古屋の井上さんが亡くなられたそうです。一昨夜、病院の前の国道でタクシーに撥ねられて」

〈彼女〉は言葉を失った。謀《はか》られたと感じたのは一瞬で、まさかそこまで、とみずから打ち消した。では恐るべき偶然か。脳裡に、どこか遠い場所で理沙が自分たちを待ち侘びていて、風に撒く紙吹雪や、波間に放る手紙入りの罎のような、儚《はかな》い合図を送り続けているという夢想が生じかけた。木根原や皆実の願望に引き込まれつつあるのを自覚し、頭から追い払う。「事故ですか。自殺？」

「深夜、ふらふらっと車道に飛び出していったとか。中年に達してから発症した方で、それが原因となって職を失い、家族の理解もうまく得られずで、最近は鬱傾向を呈していたそうです。もっとも、遺書は見つかっていません」

建設会社の社員だった井上孝《いのうえたかし》は、四十歳のとき初めて激しい痙攣発作を経験した。当初は慢性アルコール中毒からの離脱症状と看做《みな》されていたが、発作は次第に頻度《ひんど》を増し、ついには重機の誘導中に起きて、同僚の挟まれ事故の原因となった。断酒が守られていないと判断した主治医は、彼を入院させた。しかし発作は病院でも重ねて起きた。発作は非アルコール依存性と診断が訂正されたが、アルコールが誘因であった可能性も完全には否定できない。アルコールと癲癇の因果関係には未だ不明な部分が多い。

それでも名古屋で降りると木根原が云い、〈彼女〉は改めて井上がいた病院に連絡をとった。井上の主治医は龍神好実の実績をよく理解していた。名医という単語を連発した。

「告別式に？　正直、お勧めはしかねますが」

「御遺族と病院とのあいだになにか」

「強い医療不信をお持ちになったようでしてね、私もひどくお叱りを。それにたしか――」医師は口籠り、なにか独り言を呟いたあと、自分は多忙で動けないが、担当だった看護師を案内に寄越すと云ってきた。好意に甘えることにした。牛丸《うしまる》というその若い看護師は、名古屋駅の指定の改札口からこちらを覗きこんでいた。鉄色の綿ジャケットを着込み黒ネクタイを締めていたが、ジャケットが借り物なのかよく身に合っていない。新前の駅員のように見えた。〈彼女〉らも喪章を求めに売店に入った。レジスター前に立った木根原の手には、さらに香典袋と薄墨の筆ペンがあった。

「私も買ったほうがいいでしょうね」

「こ……これ、龍神と書く。本人がいないなら俺は、名乗る気もない」彼は幽《かす》かに笑い、

「でも縁だから。たとえ……嘘でも、声を聴いたというんだから」

牛丸はタクシーの運転手に新興宗教の施設名を告げた。助手席から振り返り、笑って、

「僕も聞いたときびびりましたけど、まあ怖い場所じゃあないそうです。奥さんが熱心らしくて」

「井上さん自身は？」

「それらしいことは一度も云われなかったすね」

「香典、どこに行くのかな」木根原が呟く。それから諦めたように、「いいか」

〈彼女〉は身を乗り出し、「ホロヴィッツ博士の実験が何月だったか、憶えていらっしゃいますか」

「井上さんが東京に行かれたのですか？　ええと」牛丸はいったん前を向き、数秒、考えこんだ。わざとらしい風情ではなかった。「十二月の前半です。一度検査に行かれてとんぼ返りされて、一週間後にまた上京されました。二度めも一泊で帰ってこられましたけど」

資料と一致している。すると三人めとされている沼澤《ぬまざわ》千夏《ちなつ》が、香月邦夫と日付記録を入れ替えられたのか。声を聴いた順に面談していくつもりが、逆順を辿る結果になった。

「実験について、なにか仰有っていましたか」

「あ、お聞きじゃないんすか」

「むろん聖母会からひととおりは。しかしこの種の資料は、伝言ゲームのようなところがありますから」

「幻聴があったって、そうとう凹《へこ》まれてましたね」

「実験中の声のことですか」

「ええ。そりゃ脳に機械を繋いだんだからいろんなことが起きますよって、僕なんか笑ってましたけど。わざとですけどね。すごく落ち込みやすい人だったから」

「牛丸さんにはどんな声だったと？　男だとか女だとか、どんな言葉だったとか」

「べつに、そんなに明瞭じゃなかったんじゃないすか。人の話し声のようなもの、としか僕には云ってませんでした」

「そうですか」〈彼女〉はシートに身を沈めた。

木根原と視線が合った。暗く穏やかな目付きだった。彼は牛丸に聞こえないように、俺は信じるよ、と呟いた。タクシーが施設に着いた。〈彼女〉はサングラスを普通の眼鏡に替えた。

「一時からと聞きましたから、ちょっと早いですけど」と牛丸。

扉に団体名の金文字が踊っているのさえ目に入れなければ、小ぶりで清潔な公民館のようであり、郊外の景色にもよく馴染んでいた。ところが入ると印象は一変した。けっして広くはないロビィを、とても一般人の葬儀とは思えない数の喪服姿が埋め尽くし、活発に動きまわっている。大半が女性で、老齢である。似たトーンの無数の話し声、笑い声が、音の渦を成して余所者たちを圧した。三人は立ち竦んだ。

「ご……合同葬儀か」

「立看板には井上家としかなかったすけどねえ」

「香典だけ渡して、退散しよう」

　訊いてきますよ、と牛丸が果敢に黒い集団のなかに踏み入っていく。その色褪せたようなジャケットや、追ってこちらをも鋭く一瞥してくる視線はあるものの、誰も話しかけてはこない。牛丸が戻ってきて手で合図した。追従する。地階が遺族の控えになっているらしいと云う。地階も人が多かった。それを摑まえては訊ねながら牛丸が前を行く。井上の妻は、奥深い一室の、入口近くに置かれた折畳み椅子の上で、肥えた軀を小さくまるめていた。牛丸の問掛けに頷く。焦点のよく定まらない眼で〈彼女〉と木根原を見上げる。〈彼女〉は哀弔《あいちょう》しながら名刺を差し出した。受け取るや、女の目は敵意に満ちた。「なんの用でや」

「きょうお会いする予定だったのです、ホロヴィッツ博士の実験の件で」

「御覧のとおりだがね。信心すりゃ治るもんを、あんたら医者の言いなりに頭切られて金属入れられて人体実験されて、挙句がこれでや。手術料もなんもかもただくさになった」

〈彼女〉は重ねてお悔やみを述べたが、女はまた俯いてしまった。莫迦な男だなも、莫迦な男の女房になった、と独り言ちた。〈彼女〉が木根原から預かった香典袋を差し出しても、受付に預けてちょうせんか、と云い、もはや顔を上げなかった。

　施設を出たあとで井上の遺影がどこにもなかったのに気付いた。流儀なのだろう。駅の近くまでタクシーで戻り、目についた露西亜《ロシア》料理店で軽く食事をした。牛丸は木根原の正体を知りたがった。ただ友人とのみ紹介したのだが、変わった背景の持ち主と端から察知していたようだ。木根原は明言を避け、お忍びだからね、と笑った。牛丸の快活さを気に入っているようだった。

「なにか創るお仕事でしょ。そう見えるんすけど」

「ど……どこかで目に入ってるかも」

「木根原さんの作品をですか。え、どんなんだろう」

「俺のは、目立たないよ。目立っちゃ駄目なんだ。曇《くも》って、錆《さ》びて、朽《く》ちて、溶け込む。役には立たない。ただ、街そのものになる」

木根原の口調に疲れの色を感じ、今日はもう東京に着いたら解散しますかと訊いた。

「いや、すぐに会いたい。会っとかないと、いつ何が起きるか。それにそ……その少女が、本当は最初なんだろ」

「そういうことになりますね。ではとにかく沼澤千夏に会いましょう。次もまた、主治医と面会するまでもないかもしれないし」

店から沼澤家に電話した。船橋である。出てきたのは母親だった。声が沈んでいた。

〈彼女〉は動悸を意識した。

「もうこちらに？　夕方以降というふうに伺いましたけれど」

「まだ名古屋なんです。これから新幹線に」

「そうですか。じつは千夏なんですけど、昨晩から熱を出しておりまして」

　思わず安堵の息を洩らしたあと、慌てて、「それは御心配ですね」

「どんなことをお訊ねにみえるんでしょうか。御存知かと思いますけど、娘には軽度の知的障碍があります。明確にはお答えできないかもしれません」

　ええ、と咄嗟に承知していたふりをしたが、内心では愕然としていた。皆実からの資料には無かった事実だ、少なくとも読める部分には。「では、後日改めて――」

「お待ちください」急に保留のメロディになった。悲愴ソナタの有名な一節だった。モーツァルトではなくベートーベン。清明な旋律が途切れると、母親はそれまでと違うきっぱりとした口調で、「お会いしたいそうです。そういま娘が」

　のぞみ号のなかで木根原はまた、ゆめとうつつを行き来しはじめた。〈彼女〉は音楽に没頭しようと試みたが、気がつけば意識は音から遊離し、この旅はなんだったのだろう、という漫然たる自問を撫でまわしている。三年前の馬車旅の冴えない再演といえばむろんその通りなのだが、強烈な幻覚の数々とそれにともなう昂奮、のちの無力感や虚無感をすでに経験してしまったせいか、見聞きする一切が濡れた水彩画のように淡く、摑みどころがない。ストロングゴーストが曳くワゴネットの上に、ネオンテトラの群れが出現したことがあった。いま自分が身を置いている現実、新幹線の背もたれの柄や空調のにおいより、香月やその恋人や井上の妻の記憶より、より古い記憶のなかのあの小魚たちの輝きのほうが、あるいは吉祥寺の路上を跳ねていた鳥たちの出鱈目《でたらめ》ぶりのほうが、新宿に出現したカルスト高原の景色のほうが、鮮やかで質感に満ちて感じられるのはなぜだ。

芸術家の特質なのだろうが木根原という人間は、矛盾した思考や支離滅裂な言動の内に、ちらりと指標めいた輝きを覗かせる、預言者《よげんしゃ》めいたところがある。常に破滅に向かっているようでいて、小さいが確かな輝きの許へひた走っているようなところがある。自分はそろそろ、哀々《あいあい》たる父と娘の物語の、長いエピローグを傍観してきたのだという認識を改めるべきかもしれないと思い、その直後、そろそろ？　これからなにが起きると期待しているのだろう私は、と自嘲した。

今さら理沙に会えるとでも？　あの身じろぎもしない、小さな女の子。事故に遭う前の愛くるしいさまや、それが順調に成長した姿をいつも想像しようとして、うまく行ったためしはなかった。理沙、ねえ理沙。君は本当にまだ、導電体を紡いで織り上げたタペストリのようなあの都市を彷徨っているのか？　東京駅で乗り換える。久々に乗る路線の高速ぶり、降り立った駅の一昔前のＳＦ映画を目指したような変貌ぶりに、ふたりして驚く。木根原は、無駄な空間の創り方が下手だと悪態をついた。無用の長物のオーソリティらしい所感だが、端から無駄を目指しての創造などそうあろうはずがない。しかしタクシーのなかで木根原の評価は逆転していた。

「物珍しさは数年で薄れて、こ……構内の殆どの空間から、人影が消える。僅かな利用者が、朝な夕な……廃墟の匂いを嗅ぐ。ゼネコンは、やることがでかい」

　裕福そうな一戸建てだった。ドアを開けてふたりをなかに導いた沼澤千夏の母親は、〈彼女〉より幾つも若く見えた。千夏は今年十九歳だから、実際にそうであってもふしぎはない。

「お待ちしてました」と神妙に云ってから急に破顔し、「私ではなくて千夏が」

　千夏は応接間で待っていた。身の細い、顔もとても小さな少女で、びっくりしているような大きな眼と少年じみた短髪も相俟《あいま》って、鶴の雛でも眺めているようだった。病名は香月と同じだが、乳児期に発症している。生来の虚弱体質ゆえにドラスティックな治療を受けられず、養護学校に通いながら小刻みな入退院を繰り返していた。昨年、ようやく外科的治療が始まった。

　千夏と対座した木根原は感極まったような表情になり、挨拶の言葉すらいつまでも発さずにいた。理沙と同年生まれである。そんな訪問者のようすを千夏は奇異に感じないらしく、こんにちは、と一度話しかけたあとは、にこにこと彼の顔を見つめたり、はっと新しいことを思いついたように天井の辺りを見上げたり、テーブル掛けからぶら下がった金糸の房を、つまんで整えたりしていた。母親が日本茶を運んできて、すこし熱が下がったので楽なようだと娘の状態を解説した。「午前中は御機嫌なだったんですよ」

「始めてよろしいでしょうか」千夏、その隣に腰をおろした母親、そして木根原の三方に対し〈彼女〉は確認した。

「どうぞ」と千夏が答えた。

「ええと」〈彼女〉は言葉に迷いながら、「実験を憶えていますか。大きな眼鏡を掛けて、的を当てる」

「はい。シューティングゲーム」

「そう。何月だったか憶えていますか」

千夏は返事に詰まった。

「クリスマスの頃です。私も立ち合いました」と母親が代わりに答える。「この子は日付を記憶するのが苦手なんです」

十二月下旬――。やはり田ノ上諒子の勘違い、もしくは虚言だったのだろうか。振出《ふりだ》しに戻ったか？

「あと文化祭のとき」と千夏が補足した。

母親は苦笑し、「あれは違う検査よ」

「うん、シューティングゲーム」

「それもやったの？」

「二回やった？」と〈彼女〉。

千夏は頷いた。

〈彼女〉の気は昂《たかぶ》った。母親に、「そういう検査や実験のとき、最初から最後まで立ち合われるんですか」

「いえ、検査中はもちろん外で待ちます」

「文化祭というのは学校のでしょうか。いつ頃」

そうね？　と彼女は娘に確認してから、「文化の日のあとの土日でしたけど、その前日の朝、聖母会に呼ばれて脳表電極のチェックを」

「その段階でホロヴィッツ実験に関しては」

「ええ。装置も見せていただいて、危険はないとのことでしたから承諾しました。将来、千夏が障碍を抱えている部分を、外の装置に代替させられるかもしれないと」

「その可能性はおおいにあります。価値ある実験ですよ。それにしてもなぜ、実験が繰り上がったんだと思われますか。そしてお母さんには報告されなかったと」

「千夏の体調だと思います。こういう子ですから、体調が良さそうなときに済ませてしまわないと次の機会がいつになるか。でもあまり繰り返すと印象が悪いから、つい失敗ののぶんは黙っておられたんじゃ」

　謎が解けた。さきにおこなわれたのは千夏の被験者としての適性審査だろう。そこに想定外の成果が生じた。冷静だった実験が奇妙な熱を帯びはじめた――。

〈彼女〉は再び千夏に膝を向けた。「声が聴こえたのは、文化祭のとき？」

「はい」

「声だけだった?」

「はい」

「どんな声だったか憶えてるかな」

「女の子です」

「どう聴こえた?　それも憶えていますか」

「はい」

「教えてください」

「ここに小さな蛍がいます」

「そう云ったの?　『ここに小さな蛍がいます』と」

「はい」

「目にはなにも見えていないんだよね?」

「はい、的だけ」

「蛍は?」

千夏はかぶりを振った。「だから私は、どこ?　と訊きました。そしたらまた声が」

「せーの」木根原がとつぜん声をあげた。

千夏は咽《のど》の底から笑いを吐きながら、彼に声を合わせた。「蛍は死んでしまったの」

ぴったりと重なった。

「理沙」木根原の声が掠れた。その下瞼にたちまち涙が溢《あふ》れ、瘦《こ》けた頬をつたう。「龍神、理沙だよ。生きていた」

リヴィングルームは沈黙に包まれた。千夏の母はやや慄然とした顔つきでいる。しかし千夏は相変わらずにこにこと、部屋のあちこちに視線を飛ばしている。思いついたように、木根原に視線を戻して、「あの女の子のお父さんね」

「そうだよ」と彼は答えた。「なんで判った？」

「お声がそっくり」

＊＊＊

背もたれを倒したシートに全身を預けた〈彼女〉に、所長のクラークが確認する。

「始めようか」

「お願いします」

〈彼女〉の左眼に繫がったコンピュータが、強引に外部ネットワークへと連結される。接続の瞬間、視覚はそれを青白い輝きとして感じる。所員たちは狐火《きつねび》と呼んでいる。未知領域に挟まれた細道のような、むろん技術も洗練されていない分野の実験だから、誤算的反応はむしろ新しいマチエールとして歓迎される。もっとも〈彼女〉自身のたっての希望で始まったこの絶望的探査において、狐火以外のこれといった誤算は、今のところ観察されていない。体感として、古い記憶がしきりに喚《よ》び起こされるという傾向を感じるが、右の瞼は絆創膏《ばんそうこう》と眼帯で塞がれ、左眼の視覚をつかさどる神経は、適合を前提としているでもないネットワークの闇へと繋がっている。そのうえ集中するために耳には消音ヘッドフォンを装着しているのだから、所在ない脳が思い出ばかりを反芻《はんすう》するのは、無理からぬ現象とも云えた。妙に生々しい追想は、今もしばしば〈彼女〉に悲しみと苦痛を与える。龍神、理沙だよ。生きていた。幻聴ではない。これは耳の記憶だ。

そのようにして木根原の旅は終わった。凡百には計り知れぬ手段で都市のシナプスを増殖させてきた彼を、東京は裏切らなかった。彼は再び愛娘の手に触れ、三日後、ついに十二年ぶりの安眠を得た。一方〈彼女〉は病院を辞めた。自分の新しい使命を認め、それに邁進《まいしん》することで虚無感と戦っていた。先日、蓮花に付き添われて、ようやっと木根原の墓を参った。彼の郷里の霊園の、主要路から大きく外れた一角に、それはひっそりとあった。特別なところなどなにもない灰色の御影《みかげ》の墓石。石灯籠《いしどうろう》も花もない。

〈彼女〉は墓のさまをまず右眼で見つめ、次いで外部キャメラを通じて眺め、左の眼窩から涙を流した。異物反応なのか、眼球内にキャメラを埋め込んで以来、左ばかりが涙もろい。左耳の裏側では、撮像《さつぞう》を処理して網膜内の神経細胞に伝達するコンピュータボックスのためのアダプターが、薄く口を開いている。コンピュータとそのバッテリーは、携帯電話ほどのパッケージに封入されている。それを頸にぶら下げて移動する設計だ。洒落ているとは云いかねる。ボックスは以前〈彼女〉が愛用していたサングラスにそっくりな外部キャメラとも接続できる。眼球内のキャメラよりはいくぶん感度がいい。とはいえ刺戟電極の数が限られている現状では、好条件下でも、恐ろしく目の粗いモノクロ印刷のようにしか外界を視認できない。ものの動きも滑らかではない。なにより眼球を動かす六本の筋肉との連動が万全ではないため、左右の視覚を同時に使うことができない。無理に併用すると、右で見たものをモノクロの残像があとから追いかけているような状態になる。肉体がバランスをとろうとするからか、右の視力もだいぶ落ちた。

埋埴《まいしょく》手術に必要な診断書は、広島の牧の手助けを得て、非合法に調達した。しかし〈彼女〉の左眼がまだ視力を保っていることに、オプテコ社やその提携医院の執刀医が気付かなかったはずはない。それでも手術は敢行された。まだ若く体力があり、自身が優秀な医師でもある龍神好実は、彼らにとって理想の被験者だった。オプテコ社の特別研究員という新しい身分と、法外ともいえる年俸が〈彼女〉に保証された。

「まだまだ見えた眼を無駄にして、莫迦な子、なんて莫迦な子」

〈彼女〉の新しい状態を初めて目にしたときの蓮花は、そう云って泣いた。しかし後悔の念にかられたことは、一瞬たりともない。刻々と衰えていく左眼という重荷をようやく下ろせたこの安堵を、いかにして伝えようかと、むしろそう思い砕いていた。〈彼女〉の新しい左眼は原始的だが、進化のさなかにある。十年後、二十年後には、もっと視《み》える。

蓮花は今も帽子屋の店員だ。しかしさきごろ、帽子作家という肩書の名刺を一箱拵《こしら》えてきた。売り物を参考にして新奇な帽子を幾つか縫い、試しに店頭に置いていたら、すぐさま売れてしまったのだとか。買っていった一人が撮影スタイリストかなにかだったらしい。モデルが被っていると大騒ぎして、〈彼女〉に雑誌を見せてくれた。既製品にはありえない素朴さや、ある種の毒気が面白がられているだけだと感じたが、思えば木根原のオブジェを初めて目にしたときも、〈彼女〉は同じような感想をいだいたのである。

木根原魁《すぐる》――現代美術界の寵児《ちょうじ》。マスコミはその死を報じた際、ついぞ彼の娘には言及しなかった。圧力？ どこかでなにかが、凄まじい速度で動いているのを〈彼女〉は感じた。だからなんだ、と木根原は笑うだろう――またふざけて、娼婦を扱うように〈彼女〉を抱き寄せて。龍神、俺は理沙に触れたんだ、俺は勝ったと。


沼澤千夏との面会を果たしたあとの木根原の姿を思い返すに、まるで上着のボタンを一つ一つ外していくように、そうして身軽になり天空へと飛び去ろうとしているように、着実に死への手続きを踏んでいたような気がしてくる。すると一時的に〈彼女〉の心は軽くなる。一瞬のモルヒネのようなもので、直後には解毒の苦しみが待っている。東京への帰途、木根原はまるでチョコレート工場に招待された子供だった。足取りは初めて見るほど軽やかで、希望に照らし上げられた横顔は、美しかった。帰ろうという気がしない、すこし酒に付き合えと云われた。木根原の機嫌は〈彼女〉にも伝播《でんぱ》していたから異存はなかった。東京駅で、彼は旧知の女性のことを思い出した。ゴールデン街で店を開いたはずだと云う。案内状がギャラリーから転送されてきたが、それきり忘れてしまっていた、新宿へ行こう、と云う。

木根原は奇蹟的に店名を記憶していた。新宿に着くと彼はまた奇蹟的に、映画のセットめいた二階屋が左右にびっしりと掲げた看板のなかに、その名を見出した。ふたりは細く急な階段を上がった。旧知の女性というのは木根原の高校時代の同級生だった。〈彼女〉にはこの数年で変わり果てたように見える木根原を、一目で彼と見抜いて、跳び上がらんばかりに喜んだ。

「そう喜ぶと、誤解を招く」彼は〈彼女〉を振り返って、「ただの同級生だよ」

そうだっけ、と女は空惚《そらとぼ》けた——と見えたが、あとになり、初めての接吻の相手は木根原だったと主張した。真偽は判らない。木根原は記憶にないと云い張った。

「この人、かっこ良かったの。見た目の話じゃなくてね」と女は笑った。貴代子《きよこ》と自己紹介していた。美人ではないがすっきりした容姿と、はきはきした口調が好もしい。「人に嗤《わら》われても邪魔されても、自分が信じる道だけを一心に突き進んでいるようだった。自信に満ち溢れていて、私たちはみんな木根原くんのようになりたかった。木根原くんのことを思い出すと、自分も頑張って生きていこうという気持ちになれたよ」

「過剰サーヴィスだ」木根原は照れた。「苗字、変わってないな」

「戻ったの」貴代子は答えた。すこしためらってから以前の苗字を口にした。

「平岡《ひらおか》……あの平岡？　お前、あいつと結婚したのか」

「むかし劇団の裏方をやってて、向こうは役者で、その頃は良く見えたの。一段高い場所にいたから。木根原くんは、結婚は？」

「二十年になる」

「お子さんは」

「娘がいるよ。今年十九になる」

「そろそろ心配な年頃ね」

「心配だ。嫁になんかやらない。ずっと手許に置いとく」

「残酷ね」

「愛はなべて残酷だよ」

店内には新しいカウンターの素木《しらき》の香りが満ちていた。先客はなかったが一時間ほどして、真白な頭をし古風な背広を着込んだ老人が入ってきた。あ、西村《にしむら》先生、と貴代子が声をあげた。木根原がはっと表情を変えて起立した。

「誰だと思います？」貴代子が木根原を指し示す。

「木根原くんだね。先日もここで噂をしていた」木根原と握手を交わした。「彼女が美術雑誌を見せてくれたよ。御立派になられた」

「いえ。ただ先生が、好きな道を進めと」

「そうだったかね。古い話で忘れてしまった」

老人はすでに店の常連らしく、安ウィスキーのボトルを出させ水割りにして飲みはじめた。木根原が貴代子に財布ごと渡し、いちばん高いボトルを先生にと命じた。

貴代子はいちおう中身を検《あらた》めながら、「こんなに高いの置いてないわよ」

「買ってこい」

やり取りを見ていた老人が、「ありがとう。でもこれと同じ物で結構。長生きの秘訣だよ。旨い酒は飲みすぎてしまう」

「あれをキープできるだけキープだ」

「何年ぶんになるかしら」

老人は小一時間で帰った。彼を送り出すとき木根原は目を潤ませていた。あれを聴こうと〈彼女〉に笑いかけながら彼がリクエストして、店内にジョージ・ハリスンが流れた。

楽しい晩だと木根原は呟き、それからもゆったりしたペースで飲み続けた。沼澤千夏が口にした蛍云々《うんぬん》はどういう意味かと〈彼女〉が問うと、理沙が創作した小咄《こばなし》なのだと彼は答えた。ある夏の晩、彼は幼い娘のために蛍を捕り、籠に入れて持ち帰った。理沙は夢中になったが、朝になるとそこには屍骸が転がっていた。彼女は悲しんで何日ものあいだ、蛍は死んでしまったの、と云い続けた。だが彼女には逞しいユーモアがあった。その自分の口癖を悪戯に応用した。ここに小さな蛍がいます、と陰に向かいしゃがんで呟く。木根原やその妻がまさかと思いながら覗きこむのを待って、蛍は死んでしまったの、と落ちをつける。

終電車の時刻が迫った。もう間に合わないかもしれない、と木根原は笑った。帰れる駅まで帰って、それからはタクシーを拾うしかあるまい。

「ここに泊まれば。それともうちに？」貴代子が冗談めかして云う。

「莫迦云うな。娘が待ってる」

「どうせ莫迦よ」

「出ましょう。私も明日がある」

会計した。また来てくださいねと貴代子は云い、木根原だけにまた繰り返した。来てね。木根原は決して覚束《おぼつか》ない足取りではなかったが、肉体も精神も疲れきっていたのは間違いない。龍神、ありがとう、と彼は云った。そして、ああ面白かった、と呟いた。さきに階段を下りはじめた〈彼女〉だったが、大事をとって木根原の身を支えようと思い立ち、左方を振り返った。木根原が見えなかった。木根原だけではなく、その方向にはなにも無かった——自分の手も、裸電球に照らされた手摺と壁も。

闇だった。〈彼女〉はぎょっとして腕を竦めた。顔のすぐ前に自分の握り拳が顕れた。木根原が闇からまろび出てきた。やはり昏倒《こんとう》した、とそのとき思った。そうなることは分かっていたような気がした。彼を店に残して自分だけ帰ればよかったのだ。貴代子だったら巧みに彼を地上に下ろした。そしてきっと、自宅へと連れ帰った。〈彼女〉はどこかしら貴代子に嫉妬していた。だから悪い予感がありながら、いま木根原を退店させてしまった——そういったことを一瞬のうちに思った。人形を放り投げたように、木根原の肉体はくるりと前転して地上まで滑り落ちていった。

脳挫傷《のうざしょう》を起こしていた。彼は〈彼女〉が勤める病院に運び込まれた。開頭手術の経験に乏しい当直医が応援を頼んできたが、〈彼女〉はアルコールが抜けていないからと断り、立合いも辞退した。見えるつもりでいて見えない部分を、人は咄嗟に、想像で補完する。そのことによる判断ミスが——自分の手で木根原を殺してしまうことが、〈彼女〉にはこのうえなく恐ろしかった。手術は成功した。そう聞いた。しかし木根原は目覚めなかった。三日後、眠ったままで逝った。

芸術家の死にまつわる報道が最も熱を帯びたのは、直後ではなく葬儀が終わった二週間後、助手にして愛人の重松ユキが、吉祥寺の自宅で変死体として発見された際だ。その第一報は世人に、悲しい後追い自殺の図を想起させた。しかし続報によれば、第一発見者は部屋の鍵を持っている彼女の別の恋人であり、彼は外資系コンピュータ関連企業の重役だった。さらに現場から、破棄されたと思われていた木根原魁の作品がわらわらと出てくるに至って、巧妙な盗品密売システムや殺人の可能性が取り沙汰された。調べが進んでみれば、ユキの死因は心筋梗塞、外傷も瞠目すべき薬物反応も見られなかった。木根原の作品は、その生前から概《おおむ》ねユキの手を介して販売されてきたことも知れ、大量のオブジェは盗品ではなく販売ストックに過ぎなかったとして、一切の事件性が否定された。作品の所有権は奥多摩の遺品と同様、療養所の木根原の妻へと移った。療養所は夫が生前交わした契約に沿ってこの資産を代理売却し、収益は彼女の治療費に充てられている。

このユキの死に際しても、マスコミで理沙の名が語られることはついぞなかった。よって〈彼女〉は却《かえ》って確信を深めたのである。動いている。まだまだ、なにかが動き続けている。またこのようにも強く感じた――ユキに先を越されたかもしれない。

クラークの手が、二度、膝に触れてきた。そろそろ実験を終わるか、という質問だ。記憶の、あまりに虚しい局面に立ち尽くしていた〈彼女〉は、頭を横に振って拒否した。このままで終了すると精神へのダメージが大きい。いま一度触れてきた。了解したという意味だ。

木根原が幸福そうに見えた時間へと、〈彼女〉はフィルムを巻き戻す。貴代子の店、木根原の恩師、ジョージ・ハリスン……いや、あそこからではすぐまた終わってしまう。もっとだ……新宿に向かう中央線……いやもっと……東京駅……沼澤千夏の家――彼女の言葉。鶴の雛のような千夏の姿を思い泛《うか》べる。きらきらした双眸。せーの、と木根原が云い……度忘れが〈彼女〉を襲った。

あの重要な科白が思い出せない。集中力が途切れたか？　直後、全身にふるえが走った。闇のなかに泛びあがった人影が、記憶のなかの千夏ではないことに気付いたのである。私は視ている。虫眼鏡ごしの新聞写真のような、荒いドットで構成された少女の姿を、〈彼女〉は視ている。これは幻覚ではない。クラークが膝を叩く。〈彼女〉は肘掛けを固く摑んでいやいやをする。理沙？　君は理沙？

「君は理沙？」

ドットの少女は跳びはねるように、一息に近づいてきた。顔の表情も幽かに視認できる。口が動いていた。声は聴こえない。こちらに手を差し延べてきた。〈彼女〉はそれを握り返した。いや〈彼女〉の手ではない。それは肘掛けを摑んでいるし、だいいち視覚はいま眼窩のキャメラには繋がっていない。少女がそのまぼろしの手を引っぱると、みずからの肩から突き出されたような、伸びやかな白い右腕が視界に入ってきた。やはり少女の腕。

「金糸雀」

相手の少女はさらに引っぱる。おそらく、来てと云っている。どこかに行こうと云っている。金糸雀の腕がためらうように紆《まが》る。

「やめて」好実は云った。「連れてかないで」

強靭な意志の力で築いた鳥籠に、ずっと引き留めてきた。ここで金糸雀を生かし続けるために、僕はなんでもやってきた。

「行かないで」

少年の叫びを面白がるように、理沙は両手で金糸雀を引っぱりはじめた。不意に視界がなにかに覆われる。離れはじめて、金糸雀の後ろ頭だと判った。次いで背中が見えた。遠ざかりながら心残りを確かめるように、すこし振り返る。

「ねえ金糸雀、ねえ聞いて」姉の気を引き、留まらせようと少年は必死になった。「僕は合格したよ。これから立派な医者になる。僕には助けられる。もう大丈夫なんだ。ずっと一緒に居られるんだ。だから行かないで。こんなところに僕を置いてかないで」

第三章　午前の幽霊

方寸爆弾《マインドボム》現象の同時多発が報道されたのに相俟《あいま》って、ガーデンの混雑度を示すカウンターが大きく動いたのがいかにも不吉だったが、陽気な僕らは決してそんな話題は口にしない。僕らは予定どおりドードーとの物理的接触に踏み切りつつあった。ドードー側が切望したのだ。不死者ではないというアピール？　なるべく〈現実〉世界に足跡を残したくない逃亡者？　ともかく、そうやって古式に則《のっと》っていれば謝礼が倍増するっていうんだから、この時点で逆らっとく手はなかった。指定座標に程近い僕らの一端が、わざと遅刻気味に自転車で移動する。

最近の僕らはモーター付きの乗物を好まない。エレクトロキャップが進化すればしただけ、後出しじゃん拳みたいに規制を変えてくるんだからきりがない。〈現実〉に取り残されがちな官憲にとってあの鼬《いたち》ごっこは生き甲斐だったんだろう。でもこっちは飽き飽きだった。官憲は相手にされたい一心で規制を自転車にまで広げてくるかもしれない。そうなったら僕らは自転車もさっさと降りてしまうだろう。数年前までは推進力の確保が死活問題に思えていたけど、キャップがここまで軽量化された現在、肉体のメンテナンスを欠かさない僕らは、たとえ徒歩でも大したストレスを覚えないのだ。もし拡張性に問題が出てきて、またなにか背負わざるを得なくなったら、スケートを履くか、馬にでも乗るさ。

ドードーの住居は雑司ヶ谷のいわゆる昭和村の一つにあった。墓地や史跡といった移転困難な存在のせいで前世紀の風景が保たれている地区では、しばしば〈現実〉に対応しきれない人々が、揺り戻し気味の古風な生活を送っている。僕らに云わせれば上っ面だけの懐古趣味に過ぎないが、どこか興味ぶかい連中でもある。夕方の縁台で将棋を楽しみに粛々と〈現実〉とは無縁の日々を送るなんて、博物館の展示ロボットでも厭がりそうで、サディスティックな心理学者が考案した自己啓発のプログラムみたいだ。そんな地区に住んでいる点は、ドードーが重たいウールの背広を着込んだ恐るべき旧世代人だという、僕らの最初の推量の恰好の傍証にも思えた。もっとも僕らに接触してきたくらいだから、彼らは決して〈現実〉に無縁ではない。絡んでき方もどこか新世代的。ドードー鳥という蔑《べっ》称《しょう》を生むに至った旧態依然たる話法は、巧妙な韜晦《とうかい》かもしれない。

正体不明な異物との接触に、僕らはげんなりしていた。僕らはわくわくしていた。僕らは緊張していた。僕らは余裕綽《しゃくしゃく》々だった。でもごみごみした路地の突当りの、指定座標に現れた建築物には、一斉に啞然となった。マルチマップで眺めてきたのとは別物の、推定百五十年ものの純粋鉄筋コンクリートだったのだ。壁も波打った硝子が嵌《はま》った鉄枠の窓も、その大半が密林めいた蔦《つた》に被《おお》われている。ところどころに覗いた罅《ひび》だらけの地肌は、長らく無防備に浴びてきた酸性降下物や鉄部から染みだした赤錆によって、迷彩状を呈している。思わず水準器を合わせてみたら、位置によっては三度も傾いていた。何度マップをリロードしても裸眼レヴェルとのギャップは埋まらない。

［いまどきトータルホログラムか］［相応の質量反応］［マップに対してスクランブルしてるのかも］［じゃあ軍事機密でも？］［ただのフラグメントだよ。マルチマップとて万能じゃない］

いくら昭和村ったって東京のど真ん中。表層の生活感やホログラムの装飾を洗い流せば、耐震耐火をアピールした現代建築の特徴が現れようってもんだ。でもその遺跡を走査《そうさ》して得られる情報といったら、劣化、風解、腐蝕、老廃……僕らは気持ち悪くなってきた。面会は約束したけれど墓場でとは聞いていない。僕らは路上でドードーが接触してくるのを待つことにした。悔しいことにドードーの足跡消去は一流で、僕らの追尾術を凌駕《りょうが》している。〈現実〉の隅々にまで網を張っているつもりなのに、今のところ彼もしくは彼女の決定的な、つまりベクトル化しうる足跡は未発見だ。こっちからの接触は不可能ってこと。いちおう建物の周囲を巡ってみる。Y字路に挟まれた、上から見ると台形をした街区型《がいくがた》アパートメントだ。地上階ではその昔、店舗が街路に向いて並んでいた形跡があるが、現状では全戸に赤錆だらけのシャッターが下りている。台形の上底に接する三角地は、もともと公園を成していたらしい。今は手入れされることのない植物が伸び放題に伸びて、周りの路の半ばまでを鬱蒼《うっそう》と被っている。路上に、人影は呆れ返るほど乏しい。日陰で宅配会社の配達員が、重量物用のロボットを侍《はべ》らせてシガレットを燻《くゆ》らせていた程度。こういう地区を担当していると行動様式も古色に染まるらしい。パーティ中毒がうろつく場所じゃないとでも云いたげな、挑戦的な顔付きで僕らを見上げてきたけれど、彼らのニコチン棒だって〈現実〉の所産なのだ。今ではニコチンといえばそちらのことになってしまったが、本来はスポーツ選手がトレーニングに利用していた、一時的な圧迫感だけ残して消散する疑似《ぎじ》アルカロイドだし、紫煙《しえん》は本人のマップモニターにしか映っていない。

路の真ん中にチワワを抱いて佇んでいた老女は、裸眼レヴェルでは不可視《ふかし》。不死者だ。もちろんチワワも。どちらかといえば僕らの仲間であって、昭和村には不似合いにも思えるが、生前の行動を模して誰にも顧みられない土地に舞い戻ってしまう、こういう不死者も少なくないようだ。

「ゴーストの居城周辺に相応しいね」「支離滅裂じゃないの？」

自由人を気取り、気の向いたときだけ能動的に〈現実〉と接するため、莫大な手間と費用をかけている連中がいる。身に付けているどんな物が自動認証されるか知れないから、きっと普段から半裸で生活し、入念に遮蔽《しゃへい》した場所から有線LAN経由でやって来るのだ。CPUは、タスクごと、物理的に再構成するんだろう。そこまで素朴にやられると、さすがに同一性の立証は難しく、遅かれ早かれ〈現実〉のサブルーチンは、彼らの痕跡の一つ一つを日々発生する膨大なフラグメントへと類別し、ごみ箱《トラッシュ》に放ってしまう。トラッシュゴーストと呼ばれる。

［これまでのアプローチには一貫性が観察される］［善意の誤解かも］

〈現実〉の認識を鈍らせるもう一方の代表とされているのが、支離滅裂だ。〈現実〉での言動にてんで一貫性が無く、そのうえ治療薬の購入記録も通院記録も検出されないと、たまにカウント対象外とされて、これまたトラッシュ行きだと聞く。

公園側にぽかりと開いた天井の低いトンネルが本来のエントランスらしいが、今は大小様々なコンテナが積み上げられ、放置されて、廃物処理場の入口のように見える。僕らはその前で自転車を最小に折り畳み、ダッフルバッグに詰め、その上に坐った。こんもりとなった公園の緑が夏の日射しを遮って、一帯を夕方のように翳らせている。ぎゃっ、ぎゃっ、という甲高い悲鳴が公園から響いてきて、思わずセンサー類を欹《そばだ》てる。やがて再び、ぎゃっ。

［鳥？］［鳥獣百科に、合致するスペクトルは……］

照合中、公園から道路へと人が転がり出てきた。深緑色の怪物が異物を吐き出したようにも見えた。帽子の周りに白髪を垂らし、アルミニウムの杖を突いたシャツ姿の老人だ。

なぜ杖？　護身用？　眼窩を被った眼鏡式のセンサーは、それなりに機能しているらしい。僕らに気付いた瞬間、ぎょっとしたように身を竦めた。やがて肚《はら》を括ったらしく、のろのろとこっちに歩んできて、

「チャイルド、遅いじゃないか」と嗄《しゃが》れ声で呻いた。

「ドードー登場」「スクープ！　アンディ・ウォーホルは生きていた！」「つまんないくらい予想どおりの奴」「予想より老人だ」「百歳くらい？」

「チルドレンだよ」僕らはバッヂを見せて訂正した。「遅れるかもって伝えたよね」

「限度問題だ。待ちくたびれて外に出てきてしまった」

「さっきの悲鳴、貴方らが？」

「悲鳴？　ああ、蒼鷺《あおさぎ》だ。目下、十ばかり営巣している。雛が孵《かえ》ったんだろう、いつもより警戒している」

「ジャングルでなにしてたの」

「だから、待ちくたびれた挙句、外に出て蒼鷺の巣を観察していたのだ。そのまま鳥類学者になってしまうところだった」面白くもない冗談を、自分でも面白くなさそうに云いながら、杖を持ち替えて皺ばんだ右手を差し出す。「よろしく。君らがドードーと呼んでいる者だ。これからもそう呼び続けてもらって構わん」

「ガーデンに入り込んでる」「見た目によらず食わせ者だ」「見た目どおりの食わせ者

だ」

握手には応じず、「どこで僕らの話を立ち聞きしてるのか、訊いておきたいんだけど」

「今？　いま君らの庭のどこにいるのかって？」とドードーは大袈裟に驚いて見せた。

「どこにも。見れば分かるだろう。持っているのは中空のステッキだけだ」

「足が悪いなら、なんでサスペンションを穿かないの」

ドードーは顔のセンサーに触れ、「こいつが、その手の新製品と相容れてくれない。誤作動が頻発するのに辟易して、試すのを已めてしまった。私は大昔に視力を失ってね、これで辛うじて裸眼レヴェルまで引き上げている。古い試作品だから、勝手に君らの庭に立ち入ることなど到底できない。部屋のシステムをフル稼働させて、やっと正面の呼び鈴を鳴らせる程度だ」

「さっき路に不死者が立ってたけど、そういうのも見えないの」

「部屋がいま云ったような状態なら、窓から見かけもする。普段はまったく認識できない。ここいらにも電磁波はびっしりと飛び交っているから、私に照準を合わせて走査してみるといい」

「もうやってるよ」

「何が出てきた」

「……幽霊」

「お互い、感知しえない世界に棲んでいるというわけだ」

僕らがわざと大幅に遅刻したのは、ドードーを苛立たせたほうが本音を引き出しやすいと踏んだからだ。一度も僕らを急《せ》かさなかったドードーは、本当に丸腰で生活してるんだろう。

「でも住居は、望んでスクランブルしてる。この廃墟に住んでるんでしょ？」

「廃墟ではない。未だ十名程度は暮らしている。大半、君らが大好きな非質量《ひしつりよう》世界とは無縁にね」

「どうやってマップから逃れてるの」

「マルチマップの擬装《ぎそう》が珍しいのか。ふむ、須弥山《しゆみせん》を拝《おが》んでいる君たちなればこそ、だな」

「須弥山？」

「私がそう名付けているだけだ。お気になさるな。ここの擬装に躍起《やつき》になっているのは、為政者《いせいしや》であって私たちではない。存在してはならない建物だから、そういうことにしてあるのさ」

「存在してはならないに同感。今週中にも建て替えるべきだね」

「この座標の履歴をあたってごらん。すでに何度も建て替わって定期的にメンテナンスされているはずだ。経費の莫大な蓄積はどこに消えた？　この種の遺物は為政者にとって、放置するだけ金の卵を産んでくれる、ありがたい鵞鳥《がちょう》なのだよ。とりわけ昭和村には、しばしばこの種の物件が潜んでいる。立ち話もなにだから、中へ。窓越しに呼びかけるつもりでその準備もしていたのに、私に堪《こら》え性《しょう》がないせいで無駄骨になった」

「いま来たことにするから、どうぞ中へ。窓越しに話そうよ。地震速報が遅れたらと思うと怖くて。なに時代からこの建物、建ってるの」

「大戦後だよ。まだ百年程度だ。当時は資材も構造も贅沢《ぜいたく》だったから、私の見立てによればあと百年は優に保つ」

「冗談でしょ？」

ドードーは肯定も否定もせず、まるで僕らを振り払うように、エントランスの粗大ごみの狭間へと入っていく。危なっかしく揺れるシルエットの向こうで、中庭がぽかんと明るく輝いている。伸び放題の植物のさまは、外の公園とさして変わらない。バッグを担いでドードーを追ったが、トンネルの半ばで足が勝手に止まった。

「厭だ」

ドードーが振り返り、「取って喰いはせんよ。窓越しに呼びかけたかったのは、中に導きやすくするためだ。付いてきてくれないなら破談になるが？」

「だって遮蔽されてる。なにも見えない」

「その能面《のうめん》を外せばなんでも見える。マップを欺《あざむ》くためのスクランブル波が、ところどころでフェイズアウトを引き起こしているだけだ。私の部屋は外と変わらない」

騙されるか。急いでモニターを裸眼レヴェルにし、後退《あとじさ》る。

ドードーの声が追って、「山岸外起夫《やまぎしときお》くん、まずは君自身が判断したまえ。ろくに会ったこともないような輩《ともがら》と相談するんじゃなくて」

そこでまた足が竦んだ。頭と顔面の大半を被う（それだけで済む）現行のエレクトロキャップは、フェイスシールドの透過《とうか》特性を変えられる。通常は一方通行に設定するから、よく能面と揶揄《やゆ》される。ドードーの野暮ったいセンサーが、本人の言葉どおり進化した眼鏡に過ぎないなら、得られる情報は極少のはずだ。

「接触して間もないっていうのに、頭ごなしにアイデンティファイ？　個人情報保護法に触れかねないよ。いま貴方らはチルドレンと接している。それだけの話じゃないか」

「何度も頼んできたが、そういう複数形の濫用《らんよう》は已めてもらえまいか。私の旧《ふる》い頭では誰が指されているものか、いちいち混乱するんだ。私の目に今の君は単独だし、私も独り。そうじゃないか？」

「単独の人間なんて存在しえない。それからさ、僕らが物理的に接触し合ったことがないなんていうのも、貴方らに典型の事実誤認だ。一緒に食事を楽しむことも、手を繋ぐこともある。接吻だって性交だってする」

「一度に大勢で。だろう？　そして互いの本名も知らない」

「貴方らヒッピーがそうだったようにね」

「私はヒッピーの世代じゃない。実年より老けて見えるんだ。そこまで年寄りではない。だいいち君らは私をドードーと単数形で呼んでいるじゃないか。それでいて自分はチルドレンか」

「普通名詞は区別しないんだよ、僕らの慣習でも、歴史的にもね」

「では君も、君らも、チャイルドだ」

「チルドレンは固有名詞だったら」

「屁理屈を。まあよかろう、私もよく上の世代から言葉の乱れを苦言された。さて外起夫くん、付いてくるのか。それとも破談か」

「返事するまえに訊いておきたい。その個人名はどこから検出したもの？」

「記憶だよ。古い記憶を舐めまわしては逐一《ちくいち》を手書きで記録するのが、ここ十年来の趣味でね。一度完全に視覚を失った私は、それ以前の記憶に固執する。意外な断片が甦ってきて、自分でも愕くことがある。外起夫くん、私たちは過去に一度会っているのだよ」

「どこで」

「四十年前、木根原魁の葬儀で。君はニュースで知って駆けつけたんだろう。号泣していたね。あんまり悲しそうで、見知らぬ少年ながら声を掛けてやりたかった。香典袋に見た変わった名前が、私には簡単に読めた。木根原さんの述懐《じゅつかい》に付き合って、さきに読みを知っていたからだと、ずいぶんあとになって気付いた。名前は大切だね」

ぎゃっ、とまた公園の蒼鷺が鳴いた。さっきとは違って一端の昂奮がたちまち全体に伝播し、濁声《だみごえ》の不気味な合唱と化した。僕らは……外起夫は……参った、ドードーの口舌に呑まれて思考が乱れかけている。

「安心したまえ。中庭に出れば君らにとっての〈現実〉に帰れる。仲間とも自由に相談していい。ぜひオープンガーデンでどうぞ。それでも私は自力では踏み込めないが」

「本気？」

「君たちは私を、トラッシュゴーストか支離滅裂だと考えていたのだろう？　おおむね当っている。私にまつわる〈現実〉の記憶は、早晩《そうばん》いい加減に切り刻まれてごみ箱行きだ。私は自分で足跡を消したことなど一度もないのだよ。うっかりクローズドにすると、君たちが想定した範囲だけが消える。つまり輪郭が綺麗に残る。どうあれロールプレイにしか見えまいから、誰に検出されようと心配はいらんがね」

「ロールプレイに見えるほど突飛な依頼？　政府転覆の手伝いとか」

「近いね。だからどうあれ君らは安全だ。鬼ヶ島に出向く相談をしている鳥や獣を問題視する者はいない。来るのかい？　それとも逃げて帰って、理由は名前を云い当てられたからだと仲間に伝えるか」

——密林状を呈した中庭に出ると次第に〈現実〉感が戻ってきたが、マップとのギャップが凄まじく、却《かえ》ってドードーを見失いそうになる――マップ上では洒落たショッピングモールなんだから。試験運用中のマルチマップを、興味津々にモニターしていた時代以来の感覚だった。せっかくの〈現実〉を遠ざけて裸眼レヴェルを保っているしかない。

「……ルドされて……」「……散したほうが……」「大丈夫。局所的な現象らしいから」

ドードーの巣は中庭を突っ切ったところの地上階だった。撓《たわ》んだ小さな鉄のドアの前で、

「だいぶ通信が回復してきただろう。だから今さらヘルメットを脱げとは云わん。ただその……」ドードーは顔の前で人差指をくるくる廻した。適切な名詞が見つからないらしい。

「透明に出来るんだろう。そう願いたいんだが」

「中に入れば、貴方らも〈現実〉と繋がるんでしょう？　僕らの顔くらい、どんな角度からでも見られるよ」

「私が見たいと望んでいるのは、君に都合よく構成されたヴィラージュではない。いわば、確証だ」

「なんの？」

「郷愁《きょうしゅう》かな」

「さっそくアイデンティファイか」「やれやれ旧世代人」「相互理解と好奇心への隷属《れいぞく》が区別できないからなあ、こいつら」「懐柔《かいじゅう》に繋がると信じてるんだろ」

もちろんそんな図々しい頼みは黙殺した。僕らが反応しないのを見てとったドードーは、

照れ笑いしながらかぶりを振り、「三分したら入ってきてくれ。歓迎の準備を」とポケットから出した年代物の鍵を、もっと年代物の鍵穴に突っ込んだ。

「虫が飛んでる」

「人を殺すほどの毒虫はおらんよ。音楽でも聴いていてくれ。ペニー・レインならほぼ三分だ」

僕らはことさら愚直に、そのクリップを探し出して再生した。英国伝統音楽、ザ・ビートルズ。もちろん現代の鑑賞に耐えるようリファイン済みだが、ヴィジョンは明らかに当時の販促映像を元にしていた。床屋の廻転灯が現れ、僕らの背後へと遠ざかる。交差点を曲がってくる緑色の二階建てバス。街角に集結する髭面の僕ら。ドードーのセンサーそっくりな色眼鏡を差し出されて、試す。うーん、なかなかの掛け心地。僕らは赤い服に着替えて不器用に乗馬する。崩れかけた石造りの門をくぐる。一方で騎馬警官は余裕綽々にギャロップ。僕らは空からバス・ターミナルを瞰下ろす。僕らは野外ステージの前を素通りする。そして沼のほとりでお茶会。唐突にテーブルをひっくり返して、おしまい。結論、世界はこの百年、意外と変わっていない。僕らはドアを開けた。

「脱帽」「良くも悪くも壮観」「ドアを開けると、そこは博物館の倉庫だった」「古典映画に出てくる（起きやしなかった）近未来戦争の司令部だった」「その廃墟だった」

もともと店舗と控えの間とに分かれていたらしい空間が、仕切りを取り払われ一続きに使われている。それでも恐ろしく狭苦しい。空間の半分が、ヴィンテージ・コンピュータとその周辺機器で埋め尽くされていた。僕らはダッフルバッグを下ろし、ドードーの姿を追い求めながら、

「タスクごとに振り分けてあるの？」

「半分はアクセラレーションに徹している。ただ予備として置いてある物も多い。特別なことはやっていないんだよ」懐かしいフレックス大画面の陰から長髪の若い男が現れ、そう答えた。「うまくチャンネルは合っているかな。大半がオプテコ社の置き土産だ。このヴィラージュもどきもね。本当はこちらの姿で君を――いや君らを、迎えるつもりだった」

「こっちのシールドは透過させたがったくせに。肉体はどこ？」

「二階の安楽椅子に沈んでいるよ。美的な理由からこの姿で会っているわけではない。相談がある。こちらの私は残念ながら、君らのヴィラージュとはだいぶ原理が違う。コードブックを提供するから君らの側でネイティヴ化して、今のエミュレーションから拾い上げてほしいのだ」

「冗談じゃないよ。得体の知れない異物を呑み込めだなんて」

「この建物は地震が怖いんだろう？　ネイティヴ化されれば私は十全に能力を発揮できる

し、君らの望むままに現れも消えもしよう。大昔のヴァーチャルペット――今はリアルペットとでも呼ぶのかな――の進化形とでも考えてくれ。私の本体――理体《りたい》の脳と、あのセンサーを通じて強固にリンクしていて、向こうが眠っていようが呆《ほう》けていようが冷静に意思決定できる」

［検索完了。オプテコ製ヴィラージュを肯定する項目無し］

「本当にオプテコ製？　オプテコがヴィラージュを開発してたなんて記録、どこにも見つからないんだけど」

「日本で起きたパラダイムシフトに先導されて、アジア圏やヨーロッパの一部で、現実認識の概念がひっくり返りつつあった時代、既存の技術の応用で非質量世界と連携できると考えたオプテコは、秘密裡《ひみつり》の開発に巨額を投じた。みずから望んでオプテコの実験台を務めていた私は、それから数年のうちに、互換性のないテクノロジーに包囲されてしまったんだ。よって事業から撤退するとき、彼らは私の処遇を冷厳《れいげん》に検討せざるをえなかった。見捨てるか、本国に連れ帰って飼い続けるか。そして恩情付きで見捨てることを選んだ。私を最後の極東社員として、研究室の設備ごと取り残した。初めは定期的に出張者を迎えていたが、そのうち誰も来なくなった。私のメンテナンス以外に仕事は無いのだからね。私はロビンソン・クルーソーになった。システム崩壊を怖れて長らく外部と接触させずにいたせいで、珈琲ミルでさえ自動認証され点検プログラムが更新されるこの時代に、行動の一切合財がフラグメント扱いだ」

「戸籍も無いの？」

「その辺も微妙なはずなんだが、住民税だけはしっかりと徴収されるからふしぎだ。未だ紙台帳が残っているんだろう。それとも珈琲ミルを持っているからかな。このヴィラージュは、まだヴィラージュという呼称もなかった時代、オプテコの技術陣が来たるべき世界を予見して開発したものだ。この種のテクノロジーのなかでは、まあ古典的傑作と称してよかろう。彼らの未来予想図は根本において間違っていたが、それでもこう、辛うじて機能して、君らに呼びかけることができるんだからね。コードブックを受け取ってもらえるかな」

「さきに依頼を聞かせて。譬《たと》え話じゃなくて具体的に」

「宜しい」ドードーは頷いた。「単純な依頼だ。理沙に会いたい。メインフレームまでの道案内を」

「どの理沙？」

「木根原理沙だ。人類最初の不死者」

僕らは笑った。「なんのため？　冥土《めいど》の土産？」

「殺す」

数秒のうちに僕らの半数がガーデンから立ち去った。「いま僕ら、半分に減ったよ」

「残った者は報酬が倍増したな」

「手の込んだ冗談？　それとも本気で理沙は生きていると信じてるの？」

「君らがそういう科白を口にするのは自己矛盾だろう。だって君らはリサズ・チルドレンを自称している」

「理沙後の世界を積極的に肯定しているだけで、不死までは信じてないよ」

「君らの世界は、亀に乗った三頭の象によって支えられた半球だ。上空には金輪《こんりん》が浮かんでいて、その中央にコグレクトロという須弥山が聳《そび》えている。実体は不死の商人。肉体に束縛されない生命を得て、伝説の理沙と一緒に金輪に棲みたい者たちが、登山口に行列を成している。そんな世界に、君らは好んで帰属しているんだろう？　なぜ不死を否定する。帰属していない私でさえ確信しているというのに」

「死ぬまでに金を遣いきれなくなった老人が最後のギャンブルに臨むのは、それこそ太古からの世の常じゃないの。でも〈現実〉を徘徊している不死者と接してみれば判る。あんなもの、生前の行動パターンをランダムに反復するだけの、独行型《どっこうがた》ヴィラージュに過ぎない。どんな企業にも後ろ暗い部分はあるよ。コグレクトロは不死事業を手堅い財源として、それを〈現実〉構築へと還元している。目下信頼を寄せておくには充分じゃないかっていうのが僕らの認識」

「共通認識だろう。大半はそうかもしれないが、例外もいる」

「認識だよ」と僕らは繰り返した。「エレクトロキャップを被ってるからって不死を信じてるんだろうなんて、それこそ長髪だから肉は食べないんだろうってくらいの短絡だと思わない？　なるほどコグレクトロは、理沙にまつわるあらゆる事物を蒐集しているというね。それでいて決して公開しない。理沙パニックは史実として肯定できても、理沙の実在は怪しいもんだ。そう僕らは考えている」

「不死者としての理沙が、かね？　生者としての理沙だったら間違いなく実在したよ」

「五年前、刹那《せつな》主義系のパーティに、同様の依頼が持ち込まれた模様」「そいつらチルドレンじゃないよね？」「いや、なぜかアカウント記録が残ってる。コネで取得したかな」

「依頼に応じた直後に剝奪《はくだつ》されてる」

「コグレクトロの査察《ささつ》？　畜生」

「落ち着きたまえ。私はコグレクトロの者ではない。理沙の主治医だったんだよ」

「自称も合致」「速やかにお開き」「だね」

「僕らは約定《やくじょう》を遵守《じゅんしゅ》している。僕らのビジネスは〈現実〉の補完と拡充に寄与している」

「落ち着け。仮にこれがコグレクトロの査察だったら、そう簡単に記録を検出できるはずがないだろう。五年前の件？　だったらそれも私だ。相棒を選び間違えて手付金を持ち逃げされた。彼らはのちにアカウントを剝奪されたらしいが、私は無関係だ。私は脳神経外科医で名は龍神という。かつて四谷にあった総合医療センターで植物状態の木根原理沙を、九年に亘《わた》って担当していた。人類最初の不死者の、ある意味で生みの親と云える」

「きっとマイケル・ジャクスンに痛み止めを与え続けたり、ジョン・レノンの身体から銃弾を取り出したりもしたんだよね。そして談話の締め括りはこうだ。マイケルは、ジョンは、今も理沙と共に生きている。そろそろお別れの挨拶だよ。僕らはすでにこの件から手を引いている。こう云えば通じるのかな？　貴方らの愚行のせいでパーティは台無し、ガーデンに残っているのはもう……」

「私はトキオがいればいい」

「単数形の君。蜥蜴が尻尾を切ったのだ」

「そうじゃない。僕らはそういう原理では行動しない」

「ともかく私には単数形の君で充分だ」

「また会いたいよ、トキオ」

「……残念ながら複数形だよ。数を知りたい？　人数特定も場合によっては法に触れるけれど」

「把握しておきたいね」

「二人。辛うじてチルドレンとしてお別れできそうだ」

「チルドレンは固有名詞なんだろう？」

「内実と乖離してればストレスは感じるさ。貴方らが極度に無神経なだけだ」

「僕らではなく、単数形の山岸外起夫で構わないじゃないか。死ぬときは誰しも独りなのだ」

「そういう欺瞞《ぎまん》に耐えられる精神ばかりなら、こんなにもチルドレンは増殖してないさ。生きているあいだは誰も独りじゃない。独力での思考、唯一無二の意見、自分だけが知っている場所、完全なる孤絶――そんなものは存在しえないと分かっていながら、貴方らは厚顔《こうがん》にも、ときどきの都合に応じて、みずからを私と単数形で呼ぶ」

「君たちのそういう繊細さには常々心を打たれてきたよ。五年前は言葉の上っ面だけで相棒を選んで、裏切られた」

「チルドレンぶった偽物に声をかけちゃったんだよ」

「そのようだ。そこで私は記憶を精査した。木根原理沙もしくはその両親を知る者。うち、理沙の懐に入り込みうる者。私はこのアパートメントと共に老いてきたように見えるかもしれないが、じつは半世紀ぶりの新参者なんだ。山岸外起夫について調べうることは調べ尽くした。そして君と接点を得るべく、粛々と準備を進めてきた」

「買い被りだ。たかがチルドレンの分際で、コグレクトロの中枢になんか入り込めるはずがない」

「勝算はある。君にも充分に可能だ」

「じゃあドードー鳥にも」

「云っただろう？　私はフラグメント――幽霊なんだよ。相手にしてくれる者は限られている」

「ほかのパーティをうろつくんだね。僕らもそうするよ」

バッグを担いで辞去した。ドアを開けて出ていく僕らを、ドードーの声が追う。

「せめて三人称単数で思考するんだ。彼でも彼女でも外起夫でもいい。おのずと答は出るだろう。私はここで待っているからね」


切実に、チルドレンにとって数は力、力は数だ。参加者が一桁のパーティなんてあり得ない。チルドレン史上、一度もなかったと断言できるほどだ。チルドレンの第一世代は、薬物中毒からの更生施設で生まれた。四半世紀前、コグレクトロが人道支援として全国の施設に支給した初期型のエレクトロキャップによって、一週間で数千のチルドレンが誕生した。いっとう最初のパーティからして大盛況だったのだ。ネットワークでの相互交流に特化したコンピュータと、ヘルメット型端末のセット（当時は本体を頭に載せて歩きまわるだなんて考えられなかったが、代わりに複数端末を接続できた）の目玉機能は、容易く「本当の自分」を表現できる海《ヴィラージュ》　私と、分岐、統合、カスタマイズ自在な園遊会《ガーデンパーティ》。現〈現実〉の基盤をも成している画期的なアーキテクチュアだが、施設による共感機能の活性化トレーニングと、付和雷同《ふわらいどう》を美徳とする再教育の土壌なしに、このビッグバンが起きたとは考えにくい。もちろん人数といい当時のエレクトロキャップの仕様といい、〈現実〉と呼びうる空間を織り成すにはまだまだ脆弱だった。しかしチルドレンの夢想を臆《おく》することなく製品にフィードバックさせるコグレクトロの方針と、着々たるハードウェアの軽量化は、やがて柔軟層と呼ばれる比較的若く新奇なテクノロジーに目がない世代への、エレクトロキャップの爆発的普及を促した。こうして非質量の新しい世界に軸足《じくあし》を置いて生きはじめた者たちを、コグレクトロは積極的に新たなチルドレンとして認定し、密な関係を保ってきた。〈現実〉の自発的な拡充は、当初から報奨《ほうしょう》金付きで推奨されている。それを利用したビジネスも、とりわけコグレクトロが不死事業を始めてからは、倫理的に多少問題があってすら、評価、報奨されるようになった。

チルドレンの夢想の特徴に、ぶれの無さがある。あれを見たい、聴きたい、体験したい、という要望をどこかに見かけたなら、それは全体の声だと思って間違いない。僕らのイマジネーションが多様性を欠くのか、それとも猿の芋洗いのように全体が染まるのが早いから同時多発的に見えるのか。恐らく両方とも正解だろう。そのうえ試行癖、愚行癖と呼ばれる、ドアがあれば開けてみずにはいられない気質も備えている。コグレクトロにはこのうえなく好都合な存在なのだ。〈現実〉の核を成しているチルドレンの要望にぶれがない以上、システム改善の指針やコストは単純な方程式によって導き出され、新しい提案はたちまち無数の試行の篩《ふるい》にかけられて、善意による評価の蓄積を生む。どう控え目に語っても、隅々まで整合性に満ち、非生産的なライトユーザーも安全に身を置いていられる現〈現実〉の成立は、僕らチルドレンの存在抜きには果たしえなかった。僕らの特質や習性を、ある年齢までに理沙パニックを経験した後遺症ではないかとする意見がかつてあって、ここにリサズ・チルドレンという言葉が生まれた。コグレクトロがそのイメージを積極的に吸収してしまったことから、理沙の信奉者がチルドレンを形成したように誤解されがちだが、理沙は後年の註釈に過ぎないのだ。もっとも〈現実〉が、誰に提唱されたでもないのに、強く「理沙後の世界」を意識して構築されているのも、また間違いない。僕らの頭上はしばしば巨大な昆虫の腹に覆われ、顔の周りには熱帯魚が控えめに群れを成し、足許にはチェス盤やM・C・エッシャーの永久紋様《もんよう》が現れては消える。僕らはとても美しい世界に生きている。

チルドレンが個として思考できないなんてのも都市伝説の一つに過ぎないが、旧世代のように、僕が、俺が、私が、と小事を語ることに多大なストレスを感じるのも、まあ事実。ドードーの助言に沿ってしばし三人称単数を試行（愚行？）するならば、ガーデンに居残っている自分以外の人影を見出した瞬間の外起夫は、水に溺れかけていて、指先が浮き輪に触れたような心地だった。それがムックだと知ったとき、摑んだのは海月《くらげ》だったような気がした。ヴィラージュを賛美し合う程度でそれ以上は相手に踏み込まず、パーティ限りの愛称ですらパーティ中に忘れてしまうのが僕らの礼。しかしガーデンの隅にじっと坐り込んでいたかと思えば、不意に熱に浮かされたようになって自分の名はムックと繰り返し、旧世代的な長広舌《ちょうこうぜつ》をふるうこの（ヴィラージュに於いては）女と、どうすれば心から一人称複数を共有できるのか、外起夫にはその術《すべ》が解らない。不死者じゃないかと思えるほど奇矯《ききょう》なのだ。無力なうえに互いの個性を意識しやすい少人数での連携を、チルドレンは嫌う。膨らみすぎたパーティが発展的に分化することはあっても、三々五々に影が立ち去っていくパーティはない。終わるときは一瞬で、同時に同チャンネル内の他のパーティが膨らんでいる。特異な人物との物理的接触を並行させていたがゆえ、初めて悄然《しょうぜん》とガーデンに取り残される気分を味わった外起夫は、久し振りに過呼吸を起こしそうなほど混乱していた。三つのヴィラージュ。一つは外起夫で、一つは木陰に踞《うずくま》った女で、もう一つはフェンスの外の幽霊。うっかり幽霊を一人称複数に加えて思考しかけては、懸命に打ち消す。厳密にはパーティはまだ終わっていない。もちろんムックが立ち去らなくとも、外起夫がモニターの端のアイコンを見つめてウィンクすれば、その瞬間、完全にお開きとなる。代わり、自動選択された、類似した顔ぶれであったり、類似したビジネスを担っているパーティへの招待状が、メールボックスにどさりと届く。そう踏み切れなかったのはムックの呟きに気付いたからだ。外起夫を名指しで「また会いたいよ」と云った。個人的な接触を求めている？　信じられない。そもそも、古いハンドルをどこで知られた？　どこで会った？　チルドレンに顔があるとしたら、長すぎて自分でも忘れている（でもキャップが憶えているから困らない）登録番号だけだ。所構わず名乗っては周囲にメモリの浪費を強いるムックが特殊なのだ。

ところが、すっかり怖気立《おぞけだ》っていたにも拘わらず、外起夫はなぜか一連の履歴をタブ付きで保留にしてしまい、池袋地下街に直結した適度に手狭で居心地のいい自室で丁寧に身を洗い清めているあいだも、その後の〈現実〉逍遥《しょうよう》やちょっとした商談のあいだも、ムックのいる、そしてすぐ外にドードーが佇んでいる架空の庭に、片足を残したままでいた。僕ら……といつものように思考しはじめたとき、チルドレンという穏やかな湖のようなイメージの波間に、ドードーやムックの顔が浮かんでいるという、間違いなくここ二十年は遠ざかっていた感覚に悪酔いした。その晩は部屋を満たすアロマを慎重に調合しなおしてから床《とこ》に就いたが、REMと非REMの時間比は悲惨なまでに偏《かたよ》った。そこそこリアルでそこそこ突飛な、久方ぶりの夢らしいシチュエーション下、外起夫は愛用のスカーフで女を縊死《いし》させようとしていた。女は白眼をむき、手足をばたつかせて抵抗している。殺しているのは源氏名バブル。ウェブでの通称はトキオ……時を生きる者。のちに東京の意が重なる。そう、誰かが誰かに向かって実況を伝えている。そしてトキオの手で殺されようとしているのは、俺の、大脳の無い――。亡き木根原魁の声であると思い至り戦慄《せんりつ》し、両手を離した外起夫だったが、スカーフはふしぎと弛まない。慌ててエレクトロキャップのチャンネルを切り替えていく。やがて少女の背後に、スカーフを引き絞っているドードーの姿が現れる——あるチャンネルでは若く、あるチャンネルでは老いさらばえた。

　理沙を殺す？

　目覚めたとき、壮大すぎて認識できずにいたドードーの狂気の、一端にようやく触れられたと感じていた。僕らは不死など信じていない。理沙は抽象概念に過ぎない。ゆえに殺せない？　それとも、だからこそ殺せる？　ドードーにはどんな勝算が？　ムックの視線を黙殺できなかった理由も、ようやっと自覚できた。数は力なのだ——たとえ半分がムックだとしても。僕らはまだ、辛うじてチルドレンだった。

　僕らは再びドードーと接触した。已むなく物理的に。ガーデンからいくら話しかけようとも、恨みがましい表情で佇んでいるだけなんだから仕方がない。ムックもあれ以来、一言も発さない。

「いいよ、べつに。居てくれるだけで」

　呼び鈴を鳴らすと、ドードーのヴィラージュは鉄のドアを通り抜けて中庭へ出てきた。

「戻ってきてくれると信じていた。鍵は開いているよ。きのう開けたままだ」

「泥棒に入られるよ」

「だから私が見張っている」

「貴方らのせいで理沙を殺そうとする夢をみた。最悪の目覚めだったよ」

「案ずることはない。人を殺す夢は前に進もうとしている徴だ。じじつ君はここに戻ってきた」

「なぜ理沙を殺したいの。死ぬとなにが起きるの？」

「中で話そう」

再びのドードーの巣。まるで二十四時間が消え去ってしまったようだ。

外起夫は改めて室内を見回し、「きっと何个月も何年も、小物一つとして位置を変えてないんだろうね」

「引っ越してきて配置を概ね決めてしまってからは、そうだね、あまり移動した物はないな。質量のある現実というのは、そんなものだよ」

「理沙を殺すとなにが？」

ヴィラージュの仕様なのか理体のそういう癖も厳密にシミュレートしてあるのか、ドードーはまるで僕らを哀れむような顔付きで、「殺すという表現は、少々適切性を欠いたと反省している。解放すると云えば伝わりやすいだろうか。この社会の理沙エントロピーを増大させる。冷蔵庫のドアを開くわけだ」

「社会はどうなると？」

「分からんね。イスラム社会の多くのように非質量世界と距離を置きはじめるかもしれないし、次なる理沙が登場するのかもしれない。仮にコグレクトロが第二の理沙を演出した場合、エントロピーは当初から最大値に近い。いずれにせよそれは、理沙の死なのだ」

「つまりドードーが望んでいるのは、理沙の消失が引き起こすなにかではなく、理沙の死、そのものなんだね」

「云ったろう、私は主治医だった。手を尽くして調べたが、もはや理沙に四親等以内の血族はいない。だから私がこの目の黒いうちに、生命維持装置を外してやりたいのだ。木根原さんも恨みはしまい」

「本気で信じてるんだ。理沙は生きてるって」

「九年間、彼女の尋常ならざるポテンシャルと向き合っていた。当時最新の医療が手助けしていたとはいえ、彼女は大脳なしに九年生き抜き、遂には東京そのものと化した。あれぞ奇蹟と呼ぶべきであって、その凄まじい共通体験が数年、数十年後にいかなるエポックを生むのか、予見できずにいた自分が不思議なほどだ。一般には初のマインドボムと云われている、十五年前のチルドレンの連続死。それらを所見するのが、私の医師としての最後の仕事だった。理沙パニックに類する現象、との結論ありきで、今更のようにオプテコ本社を通じて私が呼ばれた次第だが、犠牲者のプロフィールに共通する俤《おもかげ》や、エレクトロキャップに残されていた生前最後の足跡には、慥《たし》かに現在進行形の理沙を感じた」

「理沙が殺したと？」

ドードーはただ頷いた。

「なんのために」

「理沙は基本的に七歳の少女だ。遊び相手や未熟な恋の相手を求めては、じきに飽きる。必ずしも理知的ではなく倫理観も欠くその世界は、しかし原始の論理によって整合している。我々はみな理沙に恋をする。なぜなら理沙は、どうしようもなく正しいし美しいからだ。君らの云う〈現実〉を構築してきた原動力は、理沙への慕情《ぼじょう》、そしてそれは同時に野蛮な衝動とも云える」

居丈高《いたけだか》な演説に、僕らは失笑するほかなかった。「なんだかよく分かんないんだけど、要するに冷蔵庫を開ければマインドボムを遠ざけられる。それが僕らのメリットなんだね？　ただし今の〈現実〉は失うかもしれない」

「なにを云っている。君たちのメリットはまず金だよ。これはネゲントロピーの提案、すなわちビジネスだ。今も二人きりのパーティなのかね」

僕らは無言によって肯定した。

「もう一人は、とんだ幸運を手にしたな。君たちへの依頼はあくまでも道案内だ。生命維持装置を外せとまでは云わん。それだけのことで何年も遊んで暮らせる。あるいは新しい世界で新しいビジネスに乗り出すのもよかろう。途中で尻尾を巻いて逃げさえしなければ半金は保証する、試みが失敗に終わったとしてもね」

「僕らはドードーを本物の狂人だと感じている」

「感涙《かんるい》ものだね。私たちは仲間になれるだろうか」

外起夫はエレクトロキャップを外して胸に抱いた。マイクロフォンを前提にしない、喉や胸に負担がかかるわりに心許ない声を、誰もいない部屋に向かって発した。「これを外せばなんでも見えると云ったね。だけど今、外起夫にドードーは見えない。声も聞こえない。けっきょく正しかったのは僕らで、ドードーは狂っているうえ嘘吐きだ。僕らは無抵抗を美徳としている。だから理沙に対する貴方らの姿勢には、まったく共感できない。それでも貴方らが僕らを愛し、共に進みたいと云うのなら、僕らはそれにも抵抗できない」

またキャップを被る。ドードーは感極まった風情でこちらを見ている。

「君は、変わらんな。私はこの四十年で変わり果てたよ」

「ヴィラージュとのギャップが少ないって話？　好きこのんで有害物質を摂取してきた世代とは違うさ」

「お世辞を真に受けなくても宜しい。私は医者だ。どんなに巧い外科手術でも痕跡は判る。しかし木根原さんの葬儀のさまが、まざまざと……脳裡に甦ったよ」ドードーは言葉に詰まりながら云った。

僕らはヴァーミリオンジラフの傑作な組曲を流す。毒を喰らわば皿まで。ドードーには聞こえない。ガーデンに会議テーブルを持ち出すのは容易いが、チルドレンの習性上、それが有効に使われることはまずない。曲の共有が途切れたら、僕らの一部に付和雷同への負担が生じたコールというわけだが、あったとしても技術的な困難に起因する場合が殆どだ。僕らはドードー印のコードブックを受け取った。事前に内容を検証しようとしたが、なぜかまったく読めない。入り込んだあと発展的に自己増殖する、僕らが最も忌避《きひ》するタイプのプログラムのようだ。自転車のヴィラージュだけ、かろうじて読み取れた。

「自転車？」

「オプテコのサーヴィスだよ、若いころ自転車好きだった私への。同じく自転車好きの君らにとっても好都合じゃないかね。傍らを時速四十キロで歩かれたりしたら不快だろう」

インストールの負荷は想像以上に大きく、そうでなくてもおどろおどろしい組曲が、滅茶苦茶な音声飛びを起こした。モニターも乱れがちだ。そのままシステム崩壊の憂き目に遭うかと思った。僕らは二十分近くも嵐のなかに取り残されていた。外起夫の意識は否応なくガーデンに踞っているムックへと向かう。世界一寂しいパーティ。しかしヴァーミリオンジラフの共有すら拒否しないムックは、間違いなくその存続を望んでいるか、望んでいると判断されることを望んでいるのだ——外起夫と同じく。

嵐の静まったガーデンに、ドードーが入ってきた。アーキテクチュアの差異からだろう、足許に陰が無い。一足飛びに近づいてくればいいものを、あえてとろとろと歩んで、物珍しそうに辺りを見回している。やっとこさ傍までやって来て云うには、「これはまた立派な庭園だね。こんな場所に頻繁に出入りしている君たちが、現実を味気なく感じるのも宜《むべ》なるかな。いっそ、こちらにだけ棲んではどうか」

「分かってて皮肉ってるんだろうけど、もちろんここだって質量世界にレイヤーするのは簡単なんだよ。わざわざ〈現実〉を狭苦しくしたいならね。そういう、トータルホログラムや見本市みたいな使い方のほうが、旧世代には理解しやすいかも」

「私の頭はもっと旧いよ。想像力の産物《メッセ》は、紙に印刷されて本棚に並んでいてくれるのが、最もありがたい」ドードーはやや離れた木陰の、僕らの半分を眩しそうに見つめ、「あのお嬢さんがもう一人の——名前は？」

「チルドレン」

「すこしは譲歩して私の思考に合わせてくれても良さそうなもんじゃないか。君は自分が山岸外起夫だと認めているのだし、私は医者の龍神好実だ。そしてあのお嬢さんは？」

「あのね、こっちはこっちで、そういう話法から遠ざかって四半世紀なんだ。いやいや、もっとだよ。外起夫の経歴は調べてあるんだろ？　施設じゃあ僕らは勝手に宛がわれたハンドルで呼ばれた。本名は職員が憶えきれないし重複しやすいから。重症者は特定の部屋に放り込まれてその番号で呼ばれた。親が与えた名前よりそのほうが情報量が多いってわけさ。だからチルドレンは、同じ立場の者たちを個別には扱わない——扱えない。お互い無名のまま、分け隔てることなく愛し合う。自意識を共有する」

「この期に及んで、その種の問答に時間を費やしたくはないな。君らに敬服しているとも云ったはずだ。いま私が彼女の身の上を知りたがっているのは——この会話は彼女に？」

「共有を解除しておけば質量世界の距離感で大丈夫だよ」

「解除してくれ」

「してある」

「アーキテクチュアが違うからこそ相手のからくりが透けて見えるようだという、私の見識に異論は？」

無言で否定に代えた。

ドードーは頷き、続けた。「彼女は不死者だ」


身を支えきれずに四肢を枉《ま》げるサラブレッド。目を閉じる梟。少女の手のなかで動かないハムスター。バルコニーの安楽椅子で夕陽に照らされている老人の後ろ姿。

「誰にでもその瞬間は訪れます——肉体の終焉。私たちが一人の例外もなく、受け容れねばならない絶対の宿命」

一瞬の鳥葬イメージに続いて、チベット寺院の転経器《マニコロ》。木造のボートハウスと、その先の誰も居ない桟橋。フランク・ロイド・ライト風に設《しつら》えられた居室。窓際の未完成の油絵。持ち主を失ったパレットには蠅がとまっているが、やがて追われたように飛び立ち、屋外に去っていく。

「だけどもし、私たちの生前の営みの、一部を延長できるとしたら——新しい自然の摂理《せつり》が、それを可能にしてくれたとしたら」

　油絵がおのずと完成していく。描かれるはずだったのはノーマン・ロックウェル風の、あまり豊かそうではないが笑顔に満ちた、家族の食事風景だと判る。

「私たちは、貴方がたを御案内できます――あの理沙が今も遊んでいる庭へも、ご家族の許へも。ご相談は無料です」

　ダイレクトアクセスのボタンが現れて、残りはフェイドアウト。ボタンだけがテーブルの上に浮かび続け、放置しているうちそれも消えた。

「初めて鑑賞した。こういうのが連日配信されてくるのか」

「まともに観るのは久し振りだけどね。問題なく視聴できた？」

「遠近感が奇妙だったが、本来はこう見えるんだろうという想像はできた。思いのほか古臭いコマーシャルメッセージで愕いたよ」

「もちろんそこに、最新のサブリミナル手法がこれでもかって放り込んであるんだけど、表面的にはどんどん保守化してる。昔は考えられなかったような保守層も、今は普通に〈現実〉に踏み込んでくるからね」

　外起夫はストローで水を飲み干し、指を鳴らして給仕を呼んで、食事代を精算した。現金で精算したことにドードーが愕いて、「古風な習慣を残していたものだ」

「チルドレンはこうさ。こっちでは、なるべく現金で払う」

「そうしないと不都合が？」

「キャッシュレスだと歯止めが効かないから。チルドレンは浪費家なんだ。そっちも終わった？」

「ああ、侘びしい残り物をね。こちらのテーブルに反映させられたらと思うよ」

「そんなに御馳走？」

「君の小鳥のような食欲なんぞ、一気に失せただろうよ」

通りに出て自転車を展開し、走りはじめると、やがて古臭いロードレーサーに跨《また》がったドードーが追い着いてきた。もちろん外起夫にしか見えない。いや、たまさか雑司ヶ谷の居城に近い環境の部屋があったなら、いま窓の外を何かが通り過ぎていった、という程度には認識できるかもしれない。まさしく幽霊。

曲り形《なり》にもチルドレンであり続けてきたムックが、不死者とは考えにくい。かといってほかに有力な推測があるでもない。複数人格？　支離滅裂？　ドードーはメインフレームを確認すべきだと云い、チルドレン同士では滅多にやらないことだが、このさい従うことにした。外起夫の請求に対してムックは躊躇なく、ありとあらゆる資料を送り返してきた。メインフレームの座標を示したマップデータまで。

代々木公園だった。ホームレス街だ。

「この一角だろうか」

ドードーが自転車を停め、ブルーシートの街を見渡して云う。マルチマップをうまく共有できずにいる。外起夫にははっきりと見定まっていた。

「次のブロックだよ。あの」とクローズアップをドードーに見せて、「表の木に、犬？……が繋がれている小屋だ」

木の周りには排泄物が散乱している。犬は起き上がって警戒咆哮を発し、次にロープいっぱいまで駆けてきて、無様にひっくり返った。外起夫がそれまで見たこともないほど、不潔で醜い犬だった。どういう毛色の犬をどう汚し続ければそうなるのか、黒と赤茶色と黄緑色のだんだらで、疥癬《かいせん》が痒《かゆ》くて自分で毟《むし》ってしまうのだろう、ところどころ極端に毛が短く、瘡蓋らしき塊が覗いている。また後肢で掻き過ぎて千切れてしまったものか、片方の耳が半分の長さしかない。

「なんて犬種だろうね。ゾンビードッグ？」

「イングリッシュスプリンガースパニエル」とドードーは犬に詳しかった。

咆哮を聞きつけた住人が、シートを捲って外に出てきた。髭面の男で、キャップは被っていない。しかしちらりと見えた屋内はなかなか文化的で、メインフレームを隠していてもふしぎのない雰囲気があった。ここ十数年でホームレス社会は激変した。市場にだぶついた太陽光発電システムが流れ込んで、彼らに安定した電力を供給しはじめたところに、エレクトロキャップのコピー商品が大量に出回った。どんなウイルスが蔓延《まんえん》しているか知れないからチルドレンは踏み込まないが、この代々木公園にしても住人たちに心地好い、それなりの〈現実〉が幾重にもレイヤーされているはずだった。ホームレスたちが未だブルーシートを好むのは、違法建築と看做《みな》されて一斉撤去されないための弁明でもあるけれど、冷暖房があり、湯が使え、望めば彼らなりのガーデンパーティを通じたビジネスすら可能な以上、別の環境を夢みる必要がないからでもある。

「犬に触ると壁蝨《だに》が感染《うつ》るぞ」と男は警告してきた。

外起夫はシールドを透過させ、「あの、こちらにムックという通称の――」

「この犬だ」ドードーが叫んだ。「なにか透けて見える」

唖然として振り返る。

「よう、可愛い子ちゃん。久し振りだな」とホームレス。

再びそちらを向いて、息を呑む。

「俺に抱かれに来たのか」

ドードーが傍らに来た。「この男がムックで、犬がメインフレームなんだろうか」

男を、外起夫は記憶していた。男の舌を。体臭の強い、引き締まった肉体を。呟くように、「ムックなの？」

「ああ……婆さんに会いにきたのか。とっくに死んだよ」

混乱を来《きた》しはじめた外起夫は、教えて、と甘えるように請願した。「誰がムックなの」

——ベンチのある木陰に招かれた。男の目付きは外起夫への欲望を湛えていたが、無礼でもなかった。俺はチルドレンじゃない、と悪怯《わるび》れもせず率直に認めた。それでいてチルドレン流に、名乗ろうとも、外起夫の名を知ろうともしなかった。また単なる癖かもしれないが、俺ら、という人称を多用した。彼女のことも婆さんとしか呼ばなかった。お蔭で過剰防衛せず話に耳を傾け、信じることができた。

「百歳ぐらいの婆さんだった。若い頃はどこだかの技術者だったらしいが、なんだかの武器を設計している途中で、怖くなって逃げ出したんだと。機密を知ってるってんで命を狙われたことがあって、それからはずっとホームレスとして暮らしてきたと云ってた。いつもびくついてたね。俺らと口をきくようになり、身の上を語ってくれるまでに十年くらい掛かった。不死者になりたいがコグレクトロに払う金が無いから、まずチルドレンになって、補完に携《たずさ》わって稼ぐんだと云ってた。なれたときは本当に嬉しそうだった。あの会合も楽しみにしていた。まさか帽子被ったままの乱交が始まるだなんて想像もできず、お行儀のいいお茶会だと信じてたのさ。幸か不幸か直前にえらく体調を崩して、自分の代わりに犬を連れていってくれって俺らに頼んできた。表の犬。チルドレンの身分を得た婆さんが最初にやったのは、愛護センターからあの犬を引き取ってくることだった。チルドレンの会合なんてぞっとしなかったが、籤《くじ》で負けた一人が身形《みなり》を整え、借り物の帽子を被って出掛けてった次第だ。何年前だったかな？　あいつ、まだ一歳になってなかったと思うぜ。

帰ってきて、どうだったと訊かれたけど、まあ、楽しかった、としか答えられなかったな。必ずしも嘘じゃなかったが、正直、火星人の間で揉まれてるような気分だったよ」

外起夫は思い出していた。五年前だったろうか。慥かに会合に若い犬が居た。誰が連れてきたのかまでは意識していなかった。

君の名は？　なんて、答えられないか。じゃあ君が僕の名前を憶えておいて。

トキオだよ。僕の名はトキオだ。

「婆さんは恢復しなかった。翌年の冬か、次の年が明けるくらいまでは頑張ってたが、自分でも死期を悟ってるのは明白で、いくらか調子がいいときはずっとコンピュータに向かっていた。いよいよのとき俺らを呼び集めて云った。金で不死者になるには時間が足りないから、自力で近いところまで開発してみたんだが、やっぱり時間がない。そこでいちばん開発が厄介な部分を、あの犬に肩代わりしてもらったと。なんだかよく解んないんだが、要するに婆さんの知識や思い出はコンピュータに入ってて、脳に機械を仕込まれたあの犬が喜怒哀楽を引き受けてるってことか？　いくら朦朧となってるからって、可愛がってた犬になんてことするんだと思ったし、なにより不気味だった。自分が死んだあとも俺たちがコンピュータと犬を護ってるかぎり、毎月口座に金が入り続けるようにしてあると、婆さんは云った。俺たちだって銀行口座くらいは持ってるんだ。実際、大した額じゃないものの今も振り込まれてくる。振り込まれてると、あいつ生きてるんだなって感じだった。砧《きぬた》公園に何十四も飼ってるホームレスがいるって聞いて、婆さんが死んでからはそこに預けてたんだよ。冷たく聞こえるだろうけど、俺たちはみんな動物が苦手で、ましてや機械の埋まった犬なんかすぐに死なせちまうと考えてね。ところが早々に逃げ出したか、盗まれたと聞かされた。で、つい先月だ。自分でここまで戻ってきた。どこでどう過ごしていたのか、ああいう有様で、何日かは同じ犬だと判らなかったよ。疥癬っていうのかな、壁蝨が酷い。人にも感染るんだ」

ブルーシートの壁面を通り抜け、ドードーが外に出てきた。近づいてきて、「言い値で買い取ると伝えてくれ、メインフレーム一式」

「犬も？」

「犬もだ。そちらが主要システムかもしれない」

「ドードーが飼うの」

「いや、必要な部分だけ取り出す」

「死んじゃうかも。だいいち〈現実〉のムックが」

「私と入れ替わる。私が幽霊でいるよりチルドレンとしてアクティヴなほうが、仕事に好都合じゃないかね。どうせ長く生きる犬ではないよ」

外起夫は黙考した。それから男との商談に入った。相手が提示すべき金額に迷っている様子だったので、老女の遺産総額を算定して、まとめて振り込むというのはどうかと提案した。

「そんなことが出来るのか」

「領収証を発行してくださることが条件ですが、補完に必要な業務の一環として、コグレクトロの提携銀行を通じて申請します。法的にはすでに亡くなっている彼女の口座は、いつ封鎖されるか分かりません。好条件だと思いますが」

「手慣れたものだな」とドードーが感心する。もちろん手慣れている。チルドレンは〈現実〉世界の設計技師であり通訳であり行政書士でもある。

外起夫は囁き返した。「不死を買えなかったんだから、大した遺産じゃないよ。もし彼らに気の毒な金額だったら、ドードーが上乗せして」

「承《うけたまわ》った」

「それから犬はドードーに渡さない。僕が飼う」

「話が違う」

「どうせ長くは生きないんでしょ。死んだら引き渡すよ」

商談は成立した。犬だけは早めに引き取ってほしいと請われたが、その一方で近づくなとも云う。外起夫は近場の数軒の獣医院に、往診可能な時間を問い合わせた。最も早い医師で三時間後との返事だった。

「ドードーの理体に来てもらったほうが早い」

「おいおい、医者といっても私は人間の、脳神経外科医だ。犬の疥癬なんか診たことがない。入院が必要かもしれないし、素直に本職の手に委ねたほうがいい。せっかく代々木に来たんだから、そのあいだに会ってもらいたい人物がいる」

外起夫は獣医に往診と犬の引き取りを要請し、次いで冷房の効いた小屋のなか、メインフレームを成していると思《おぼ》しい機器をリスト化し、宅配業者に送信した。

「また会えるか」とホームレスが問う。

「チルドレンになってよ」

「それは御免だ」

移動中、ドードーは自分で思いついた洒落で繰り返し笑っていた。

「私をドードーと名付けたかと思ったら、今度は似非海亀《モックタートル》ならぬムックタートルか。君も災難だな。で、君は冬眠鼠《やまね》か三月兎《さんがつうさぎ》か、それとも――」

「ドードーは撤回。キ印の帽子屋が相応だよ」

「帽子屋はほかにいる」

「じゃあドードーでいい。当てにならなさは同じだ。ムックは不死者じゃなかったよ」

「見誤って当然だろう。亡くなった婦人は独創的な、真の天才だったようだ。最も理沙に迫った人物だったかもしれない。それも独力で」

「そんな天才が、コグレクトロの口車に乗るなんて」

「天才だから本気で乗れたのだ。宇宙の際涯《はて》と聞いて、我々凡人はメタファだと感じる。天才はそこまでの距離を測ろうとする」

コートジボワール大使館の並びに建った優雅な低層マンションの前で、ドードーの自転車が停まった。

「この三階の一室のはずだが……君は入り込めそうか」

「ピザ屋を装って？　冗談じゃない」

「では私が行く。うまく入り込めたら、様子を雑司ヶ谷でモデリングして、転送する」

ドードーは閉ざされた門を通り抜け、廻転ドアをまわすこともなく建物の中へ消えていった。十分ほどして、映像が送られてきた。想定されていないアーキテクチュアゆえか不法侵入は可能だったようだが、詳細な計測までは無理だったらしく、送られてきた映像は平面に近かった。部屋の床を被いつくした、ところによっては腰まで埋まりそうな、プラスティックごみと生ごみの山。その狭間で巨体の女が不潔なクッションに埋もれ、チョコレートトラッフルの箱に手を突っ込みながら、紙媒体での読書に興じている。嫌がらせメールもかくやという映像を、さすがにドードーも申し訳なく思ったのか、追って、レイヤーされている〈現実〉のデータも、五月雨《さみだれ》式に送りつけてきた。せんの映像に当《あ》て嵌《は》めてモデリングし直す。くっきりした柄の壁紙や絨毯、薄暗い照明に彩られた、ヴィクトリア朝式の優雅で重厚な部屋が現れた。オークの椅子に銀の握りのステッキが立て掛けてある。変わった形だと思って接近してみると、蛇の鎌首《かまくび》を模してあった。検索――。

ドードーが戻ってきた。「うまく送れたかな」

「誰なの？　コアトル・ケツァルコアトル。金髪少年のヴィラージュがいっぱい出てきた。局所的な有名人みたいだけど」

「本名、古暮史帆。コグレクトロの会長、古暮蓮花の一人娘だ」

「知合いなの？」

「むしろ親のほうと。史帆と最後に会ったのは、何十年前だろう？　性転換は時間の問題だと思っていたが、どうやらヴィラージュで事足りているらしい。昔から社会適応性に問題のある子でね、親とも折合いが悪い。しかし娘は娘、不死へのホットラインは分け与えられているはずだ。接触してくれ」

「なんのために」

「もちろん不死への通行証を貰うためだよ。彼らが云うところの理沙の庭へも繋がっているはずだ。私が知る理沙の庭とは無関係なただの比喩だろうが、理沙が居るならそれでいい。これがプランA。史帆の同情を得てほしい。時間がかかっても構わん。一年や二年は待とう」

「面識があるんだったら自分が行けば」

「私は無理だ。史帆は猜疑心《さいぎしん》が強いし、私がコグレクトロに苦々しい思いを懐《いだ》いていることにも、きっと気付いている。君なら大丈夫だろう。美少女に目がないんだ」

「誰が美少女だって?」

「もちろん君さ。アリス・リデル」


僕らがモデリング中の空き地にコアトルを導いたことは、ドードーを物凄く怒らせた。

「プランAとBをまとめて台無しにするつもりか」

もちろん危険は認識していたが、僕らにも言い分はある。当初は学生向けのシナリオ講座でもC評価としか感じられなかったプランAが、幾つかのハードルを越えたあとは急速に現実味を帯びていた。未だC評価のプランBを危険に晒してでも、賭けてみる価値があると判断したのだ。親への反発か、基本的に紙媒体に埋もれて生きてきたコアトルは、チルドレン的感性には縁が薄く、やたらとエディスにまつわる知識を蓄積したがる。もちろん欲しいのはヴィラージュに直結する情報であって、質量世界の理体が婆さんだろうが爺さんだろうが構いはしないのだ。ヴィラージュこそ真の姿だというのはコアトルなりに理解している。というか、その通念に夢中だと云ってもいい。

問題は、エディスが外起夫やスプリンガースパニエルの真の姿じゃないってことだった。エディスを演じれば演じるほどに、僕らはその表面ばかり若くて美しいヴィラージュの、悪い意味での稀薄さを痛感した。複数ヴィラージュの使い分けが、たいがい破綻する原因はここにある。ヴィラージュで演技をするのは、生身で演技するよりずっと難しいのだ。

救いは、僕らが僕らであることだった。疥癬が完治したスプリンガースパニエルは外起夫の部屋で、一日二十時間くらいは眠っているか半覚醒という生活を送っている。体内にCPUやら発電機やらトランスミッターやらをごちゃごちゃと抱えているせいだろう、とうてい健全とは云えない状態だが、いったん丸坊主にされたお蔭で本来の白と褐色を取り戻した被毛は、長毛犬だと分かるくらいには伸びた。短かった片耳は、尖端が裂けてはいたものの、千切れていたわけではなかった。今は左右均等に見える。言語を発することは滅多にない。あっても、トキオ、トキオ、と呼びかけてくる程度。それは裸眼レヴェルでも分かることだし、いちいちチャンネルを合わせては膝を抱えた女と対面するのも疲れるので、部屋に何重もの〈現実〉をレイヤーさせるのは已め、極力、質量世界に近い環境で過ごすようにしている。それでも、僕らという意識で仕事に臨めるのは貴重なことだ。数は力。エディスがイコール外起夫だったら、外起夫の精神は早々に音《ね》を上げていたかもしれない。

さすがにアリス・リデルと名乗る気は最初からなかったが、念のためそう自称しているヴィラージュを数えてみたら、世界中に十万くらい居た。そこでその妹の名をもじり、十三歳くらいの姿にデザインしてみた次第だが、のちに事あるごと、すこしは僕らを率直に象徴した名前や姿にするべきだったと後悔するようになった。致命的とも云えるこの存在の稀薄さを補うために僕らが選んだ手段が、コアトルを御自慢の花園から、プランBの海岸へと連れ出すことだった。

「君がモデリングしたの」とコアトルは心底驚いていた。

「むかし実在した、小さな浜の再現で、独創性はどこにもないの」これは事実。参考にしたのはドードーが大量に収集していた古い写真と地図、そしてドードー自身の記憶だ。

「でもチルドレン並みの技術だ」

「まだまだ勉強中。だからここに人を招くのも初めて」

「エディスって凄いんだな」

「逆にがっかりした？　独りじゃなにも出来ないお人形さんでいてほしかった？」

「まさか。ひたすら感激してるよ」コアトルは砂浜に下りようとし、風景に押し返されて転びかけ、笑いだした。

「ごめん、まだまだ未完成なの」とごまかす。

コアトルは今度は慎重に、ストレスなく進めるぎりぎりの座標まで歩んで、パノラマを見渡した。「冬の海だね。思い出の場所？」

「冬の海、嫌い？」

「嫌いなのは夏の海だ。暑いし騒がしい」

寄せ来る波の上を、海鳥が騒ぎながら渡っていく。気障《きざ》な洋服やステッキは頂けないものの、じかに接してみたコアトルは、存外《ぞんがい》にユーモラスで紳士的な人物だった。比較して云々するのははしたないが、これがあのごみ捨て場の住人の内面かと思うと、物悲しくも、愛おしい。自分とコグレクトロとの関係をたえて匂わせない点も、当初は白々しく感じていたが次第に好もしくなっていた。

「こんな場所を面白がってくれるのはコアトルくらいだろうし、だから自分も〈現実〉を補完したいなんていうふうに思うことはない。自己満足でいいの。ただ、そのための時間が欲しい」

コアトルの顔から笑みが消えていく。こちらを見つめ、「時間、無いの？」

「訊かないで」と逆にエディスが微笑する。

「冗談だよね？」

「もちろん……冗談」

僕らはコアトルとの逢瀬を重ね、そのたび控えめに、残されている時間の短さを示唆した。好きになってしまってごめんなさい、と謝ったとき、なんだか本当にそういう気分になってきて、すんでに泣きだしてしまうところだった。だけど同時に、プランAは貰った、とも考えていた。プランBは、コアトルを感嘆させたモデリングそのものだ。こちらの計画を聞かされたとき僕らは思った。やっぱりドードーは頭がおかしい。傾斜した空き地は、一面を一軒の家の裏口に接している。ドアの向こうはモデリングしていない。あえてするなどドードーから命じられている。空き地を囲むほかの家はもちろん、ブロック塀や木製のフェンスの外側にも、なにも無い。フェンスの手前で右側を向けば前庭が望めそうなものだが、それも不要と云われている。この閉ざされた空間のモデリングが完成した暁《あかつき》には、ドアが理沙の膝下《しっか》に通じるはずだとドードーは信じていた。生前の理沙が住んでいた家らしい。この計画には根本的な問題があると僕らは感じている。理沙の許へと通じることがモデリングの完成ならば、通じないうちは百年かかっても未完成。ドードーが仮説の誤りを認めないかぎり、僕らは永久に空き地の庭師を続けねばならない。

一般的な意味においては、モデリングは半年もまえに完成していた。約束どおり謝礼の半金を貰っているから衣食住には事欠かないが、浜を照らす光線を動かしてはドアノブを握り、雑草の丈を変えてはまたドアを慥かめ、という創造性からは程遠い積み重ねに倦むほどに、日に何度も様子見《ようすみ》に現れるドードーに嫌気が差すほどに、僕らのコアトルへの期待は高まった。ここから救い出してくれるのはコアトル。ゴールへと導いてくれるのはコアトル。じっさい僕らはコアトルに恋をしていたと感じるし、相手を操らねばならないという使命感は、その想いを奇妙な色合いに燃え上がらせていた。僕らは心理操作の手引書を読み漁った。相手を翻弄《ほんろう》することこそ愛情表現で、思惑《おもわく》どおり不死への裏口に導かせるのがその開花だと、葛藤なしに信じられた。

だから突然の別れに、僕らは幾重にも打ちのめされた。為人《ひととなり》を熟知していると高を括っていたドードーは、ここ二十年の古暮史帆をろくに調査していなかった。自殺未遂の常習者だったのだ。ある日、さきに行って待っているから怖がらないで、必ず待っていてあげるから、という遺書めいたメールが届いた。僕らは慌ててコアトルの花園やプランAの空き地、逍遥していそうなガーデンというガーデンを探し回ったが、ここ数時間の痕跡は見当らなかった。ややあって、代々木のショッピングモールで錯乱《さくらん》した女が刃物を振り回した挙句、心臓発作を起こして死んだというニュースが流れた。

「史帆だ」はや諦めたような口調でドードーが云う。

「まだ……そうとは限らないよ」

ドードーは正しかった。続報では名前も流れた。何に酔っていたのかはもちろん検死まで発表されなかったが、複数の合成麻薬をラムやテキーラで流し込む、通称カルモチンだと想像がついた。本気でも狂言でも調整が自在な感じがするから、このところ自殺騒ぎといえばカルモチンだ。圧力がかかっているらしくコグレクトロとの関係は語られなかった。でも、隠し通せはしないだろう。

ドードーは悄然としている。「なぜ。どうして死に急ぐ」

僕らには察するところがあった。というより、それまで気付かなかったのがふしぎだった。「不死なら確実に手に入るからだよ。コアトルは死ねるエディスを羨んでたんだ。ドードーと同じくらい、理沙を信じていたんだよ」

それから五分もしないうちに査察がやって来た。ムックが吼える。ドアを開けると三人組が玄関に入り込んでいた。そんな状況で複数のエレクトロキャップに迫られると、なるほど能面に包囲されているような気がしてくる。長々しい登録番号を読み上げられ、間違いないかと問われたが、憶えてなんかいないので、ただ、「はい」

「本日、ヴィラージュ／エディス・リドルとして、ヴィラージュ／コアトル・ケツァルコアトルから遺書を受け取ったね」

「あの……慥かにメールは受け取りましたが、遺書かどうかは」

「コグレクトロはリサズ・チルドレンに対し、提供する非質量世界における、心中強要、心中請願、自殺強要、自殺誘導を固く禁じている」

「コアトルは死んだんですか」

空惚《そらとぼ》けたが、問答無用にバッヂを没収された。そしてその場で訊問が始まった。問い掛けてくるのはもっぱら一人。これが査察官だとしたら、あとの二人は助手？　セキュリティ？　それとも掃除屋だろうか。僕らは黙秘を決め込んでいた。

「私の名前を出せ。なにも考えずにビジネスとしてやったと云え」ドードーが囁きかけてきた。

僕らは拒んだ。「会長の娘なんだろ？　ドードー、殺されちゃうよ」

「黙秘を続けてそのキャップを没収されたら、どうせ一切が知れるんだ。私を思い遣《や》ってくれるならプランBを」

ドードーの云うとおりだった。やがて僕らは一世一代の演技を始めた。あまりの出来事に呆然としてしまって……すみませんでした。なんでもお話しします。はい、チルドレンとして受けた仕事ですが、居残りは僕ら一人です。はい、一人。それです、そのパーティです。もう一人？　あれは不死者でしょう。そう判断して数に入れていません。フラグメントにフラグメントが重なって、紛れ込んできたんだと思います。なんだか変なんだもん。ええ、もちろんストレスは強く感じています。孤立していてもチルドレンはチルドレン、と自分に云い聞かせながらやってきました。報酬が大きかったんです。はい、それも認めます。報酬に目が眩んで、質量世界への影響のシミュレーションを怠《おこた》りがちでした。剝奪は仕方がないと感じています。本当は僕らは……いえ山岸外起夫は、とっくにチルドレンではなくなっていたのかもしれません。クライアント？　龍神好実という医師です。雑司ヶ谷の昭和村です。マップがフラグメントを起こしていますが、本当はとても古いアパートメントです。そこに独りで住んでいます。

「それでいい。ありがとう」ドードーが頷いて云う。

初めて感謝の言葉を聞いた。僕らは懸命に涙を怺《こら》えた。

「山岸外起夫くん、君のチルドレン登録は抹消され、今後、コグレクトロが提供する非質量世界の補完、並びに同世界を不可欠とするあらゆる業態への従事が禁じられる。また登録時の誓約に則り、一定期間、コグレクトロの自由監視下に置かれる。監視期間はコグレクトロによって自由更新される」

「再登録を申請できますか」

「受理されない」

噂以上に厳しい処分に、目の前が暗くなる。咄嗟、プランBの空き地を確認しようとしたら、さっそく締出しを喰らった。きっとコアトルの足跡を虱潰《しらみつぶ》しにしているのだ。査察官は去ったが、あとの二人は監視として残った。外起夫は部屋に戻って壁際にへたり込んだ。監視も部屋までついて来た。

「なにをしてる。プランBだ」

「もう遅いよ。さっき試したけど入れなかった」

「バックアップチップのほうでいい。何度説明すれば解る？　ドアはアナロジーによって理沙の許へと繋がるんだ。君がコグレクトロから締め出されていても、なんの問題もない」

「監視が居なくなったら試すよ。変な動きを見せたら、また没収される」

「いま堂々と試せばいい。君はとっくに手足を縛られている。連中はなにが出来るとも思っちゃいない。一緒に一泡《ひとあわ》吹かせてやろうじゃないか」

外起夫は動かなかった。気力の一切が失せていた。ムックもまた眠りこんでいる。静寂のなか、ドードーのヴィラージュが揺らいだ。

「今、殺されたよ」

外起夫は愕然としてドードーを見上げた。ギロチンで落された首が喋るように、不慮の死を遂げた者のヴィラージュが、しばらく活動を続けることがあるとどこかで聞いた。僕らは叫びだしたかった。でも必死に感情を抑えてキイボード卓に向かい、キャップにバックアップチップを挿した。「仕事をしますね」

監視はふたりとも素知らぬ顔だ。本当になにも出来ないと思っている。間もなく外起夫とドードーは、真の意味でどこからも閉ざされきった空き地に立った。雑草を踏んで家に近づき、ドアノブに手を掛ける。相変わらず開かない。

揺らぎがちなドードーが、不意に大声で、「幾つも落ちているであろうシーグラスは、ちゃんとモデリングしたかい」

「した。ドードーに要請されたとおり」

「そのどれか……いや、すぐ足許にある緑色のを拾って」

「なにか意味があるの」

「ある」

しゃがみ込んでシーグラスを検索した。それは外起夫の靴の下にあった。

「拾ってポケットに入れて、もう一度ドアを」

云われたとおりにした。

ドアは、

動いた。

「ドードー」

「どうだ」

「開く」

「理沙が認証した？」その瞬間まで、きっとドードーも半信半疑でいたのだ。

外起夫はドアを開いた。空のベッドが見える。古臭い医療機器が見える。病室らしいが、そこらじゅうに奇妙な金属製のオブジェが置かれていて、足の踏み場がない。

「座標を見ろ。どこかにレイヤーされてはいないか。だとしたら活路はある」

「レイヤーされてる」僕らが本当に驚いたのは、むしろこの瞬間だった。バックアップチップの中の空き地が、質量世界と隣合せだと判ったのだから。「四谷だ」

ああ、とドードーは悲鳴のような声をあげた。「アナロジーだ。本当に一切がアナロジーだった。コグレクトロは単純に、昔の座標に理沙の病室を再現していたに過ぎない。外起夫、この部屋が奴らの理沙コレクションの中枢だよ」

「まさか」

「メインフレームは存在しなかったんだ。主治医だった私が、なぜ今まで気付かなかった？　そもそも理沙とはそういう存在じゃないか」ドードーは地団駄を踏みながら、また大きく揺らぎ、薄れた。「外起夫、物理的にここまで移動できないか。この建物の管理システムに私のコードブックを読み取らせてくれ」

「監視が」裸眼レヴェルで室内を見回す。監視係が玄関側、非常口側、それぞれを塞いでいる。外起夫は片方に訊いた。「ちょっと外出していいですか」

「メールでコグレクトロに申請を」

「申請して許可されないと一歩も出られないの？　人権蹂躙《じゅうりん》だ」

「登録時の君はそれを望んだのだ」

「望んでいない。あんな長ったらしい約定を誰が最後まで読む？　読んだとしても、そんな項目を望んでサインしたんじゃない。這い上がるために仕方なくだよ。貴方らだってそうだろう」抗議しているうち、三十年ぶんの憤怒《ふんぬ》が込み上げてきた。このまま怒りで死ぬか、彼らを殺すか、そのどちらかだとさえ思った。僕らは虫螻《むしけら》だ。人間に生まれてきたが人間として生きたことがない。でも最後は、人間としてここから脱してやる。もしくは殺されてやる。

「外起夫、熱くなるな。殺害処分の口実を与えるな。犬を外に出せ。犬だけ散歩に出すと云え。彼らには止められない」

「ムックを？」

「忘れたか。ムックにとっても私はネイティヴなんだ」

犬は寝ている。

外起夫は犬を呼んだ。「ムック」

反応しない。

外起夫はキャップのシールドを引き上げた。「ムック！」


再び病室を見回す。さっきは奇妙なオブジェとしか見えなかった一つ一つが、じつはどれもこれも力強い具象であることに外起夫は気付いた。若き日に路上で見上げたさいわいの竜の記憶が甦ってきた。ぜんぶ先生の作品だ。チェロ、竪琴、キリンに駝鳥に鶩《あひる》に蛙、バレリーナ、王子さま、月と太陽、ナポレオンフィッシュ、観覧車、肢の長い蜘蛛——。

さっきは空《から》だと思ったベッドに、人が寝ている。これが理沙？　覗きこもうとすると、不意に起き上がった。「どうやって入ってきたの。誰？」

金髪とも白髪ともつかない、長い髪をした女だった。出鱈目な配色のニットを幾重にもかさねて着ている。理沙とは思えない。

「ここに……理沙が？」

「私の質問にお答えなさい。誰なの」

古暮蓮花だ、と外起夫は気付いた。恐縮して、本名もこれまで使ってきたハンドルも思いつくかぎり名乗った。エディスの名も出した。女は一つも名乗らなかった。

「貴方らは、不死者なんですか」

「チルドレンの話法ね。ああ……好実の手下か。私の大切な娘を、死に誘《いざな》った戯《たわ》け者」

「自殺に誘導する意図はありませんでした。でも、申し訳ないと感じています」

「なにも感じる必要はないわ。いずれ死によって贖《あがな》ってもらうから」

「コアトルを不死者にはできないんですか。もう間に合わない？」

「部門をあげての作業が始まってたから、私が已めさせたわ。誰も不死になんかなれないもの。君だって信じていないでしょうに」

「でもドードーは……龍神さんは信じています」

「無理矢理ね。君は騙されたの。利用されたの。好実はなんて云ってた？　ヒューマニスト気取りで、理沙を解放するとでも？　そうでしょう？　本当は自分のことしか考えていない変態野郎に過ぎない。死んだ姉が理沙の傍にいると信じているの」

「悪いことでしょうか。どんな手段をつかってでも、死んだ人に会いたいと願うのは」

「悪くはない。でも愚かよ」蓮花は天を仰いだ。顔を戻し、焦点が定まらない感じの眼差しを泳がせ、「私の娘は死んだようね。まだ実感がなくて涙も出ないわ。最期の日々は幸せそうだった？」

「正直なところ、僕らには分かりません。でも少なくとも、僕らはコアトルに恋していました」

「ありがとう」

「訊ねてもいいですか。信じてもいない不死を、なぜ売ろうと思いついたんですか」

「面白い質問をするわね。あまり考えたことがなかった。私が……これを売ろうと思って開発した商品なんか、ただの一つも無いのよ。私は帽子屋だった。自分が被りたい帽子を作ったら、すこしばかり売れて、帽子屋になった。好実からよく、生前の理沙が被せられていたエレクトロキャップの話を聞いていて、その紛《まが》い物を作ってみたら、それも思いのほか売れた。会社が出来た。小さなゲーム会社から話が来て、彼らのアイデアを搭載できるシャーシへと改造した。部下の誰かがエレクトロキャップの特許を取っていたものだから、会社は急に大きくなり、そのうち業績不振で苦しんでいた汎《ぱん》エレクトロから合併の話がきて、コグレクトロが出来た。〈現実〉が増殖しはじめた。〈現実〉に帰属していれば不死が得られるという噂がたつと、経営コンサルタントたちが一斉に、一刻も早くコグレクトロで売り出さなくては他社に〈現実〉ごと持っていかれる、多くの社員が路頭に迷うと騒ぎはじめた。コグレクトロ印の不死を箔付きにするため、理沙の居た病院の座標を買えと誰かに云われた。その親の作品を集めろとも別の誰かが云った。ただの帽子屋じゃなくなった瞬間から、私は自分の人生を決められなくなっていた。ブラジャーの話、好実とした？」

いいえ、と外起夫はかぶりを振り、でも、と呟き、思い直して再び、「いいえ」

「誰からの請売りなのか、それとも自分で考えたのか、二十世紀の大量殺戮はブラジャーが生んだっていう話をするのよ。だったら帽子が、人を不死にしてもいいんじゃないかしら。同じくらい莫迦げた、愉快な話だと思わない？」

外起夫は肯定も否定もせず、「そのうち龍神さんがここに」

「もう殺しちゃったわ。早まったかしらね。老後の話し相手に生かしておけばよかったかしら」

「消えかけたヴィラージュが向かっています。もし辿り着いたら、お姉さんに会わせてあげてください」

「私には無理だけど、もし理沙に頼みたいと云うのなら、自由にすればいいわ。君は最期に誰に会いたい？　忘れないで、君も私の娘を殺したのよ。また感情が昂ぶれば復讐《ふくしゅう》したくなるに違いない」

仕方がないと感じた。それから外起夫は考えて、「もし会えるんだったら……お母さんです。生まれてすぐに離ればなれになったから、記憶が一つしかない」

「捨てられたの」

「人から見ればそうでしょう。でも憾《うら》んではいません。一度でも会いにきてくれたから、それでぜんぶよくなりました。死ねばまた会えるような気がしてきたけど、考えてみたら、どっちが天国でどっちが地獄に、行ってるのかこれから行くのか、分からないでしょう？　だから会いたいのはお母さんです」

「君は良い子ね。理沙が聞き届けてくれることを祈るわ。じゃあ一緒に好実を待ってみましょうか。音楽でも聴く？　なにが好き？」

「あまり詳しくは……龍神さんはザ・ビートルズが好きなんですか」

「まあ、君にまで知ったかぶってるの？　私が教えたのよ。音楽はぜんぶ私が教えた」

「初めて会ったとき、ペニー・レインを勧められました」

「あれは佳い曲ね」

　蓮花はクリップを再生しはじめたようだが、真っ当な手順を踏まずにここに至った外起夫には、なにひとつ見えも聞こえもしなかった。市松模様の冷たい床に坐りこんだ。ベッドの下には広口の硝子罎が幾つも並んでいる。中を青や緑の丸い小石が満たしている。そんな物や木根原のオブジェの鈍い輝きを眺めながら、一時間か二時間か、辛抱強くドードーの到着を待った。ヘルツァスケルツァ！　突然、轟音が外起夫の耳を塞いだ。エレクトロキャップのスピーカーが原因だと思い慌てて脱いだが、音は已まないばかりか、理体を置いている自室にも戻れなかった。相変わらず理沙の病室だった。しかし刻々と様相が変化している。木根原魁のオブジェ、医療機器、壁の淡い縦縞模様や床の模様、なにもかもが動きだして見えた。最も劇的に変化しているのは古暮蓮花のヴィラージュだった。金白色の髪は逆立ち、延長して天井にまで至り、極彩色のニットは膨れあがって、色彩ごとに分裂し部屋の空間を満たした。外起夫の軀もぷつぷつと泡立って先端から溶けだし、そのうち全部が青や緑の澄んだ水玉になって、これも空間を満たしていった。天井いっぱいのドードーの顔が部屋を見下ろしている。蓮花がなにやらギターの音色で叫んでいる。ドードーはドラムのリズムで応じている。元は三つのヴィラージュだった極彩色の混沌のなか、燃盛《もえさか》るキリンと駝鳥《だちょう》と肢長の蜘蛛が走りまわり、チェロと竪琴の騒ぎに合わせてバレリーナと王子が野蛮に踊り、ナポレオンフィッシュが逆さに泳ぎ、高速で廻る観覧車を月と太陽が交互に照らした。やがて一切合財が部屋から溢れ出した。プランBの空き地へ。バックアップチップへ。それを挿したエレクトロキャップへ。池袋の地下室へ。外起夫の理体がふらふらと起き上がり、色彩の洪水から逃れようとキャップを脱ぐ。なにも変わらなかった。混ざり合わない色水のなかを漂っているようだ。しかし呼吸はできる。監視は見当らない。スクランブルでそれどころじゃないんだろう。外起夫は自転車を担いで部屋を出た。洪水は追いかけてきた。エレヴェータに飛び込んだら千匹のグッピーが見つめ返してきた。ドアが開くや一斉に地上に泳ぎだしていった。夕陽に染まったグランドキャニオンの狭間を、さいわいの竜が渡っていく。自動車はどれも油じみた輝きを帯びた甲虫だ。多くは、チルドレンによる調整が必要な行き過ぎた〈現実〉といったところで、外起夫にとって必ずしも異景ではない。しかしキャップ無しにここまでの体験をするのは、四十年前の理沙パニック以来だった。チルドレンには未だ心身に障碍を抱えている者が多い。だからこそメンテナンスに執心する。突発的にこんな目に遭い、キャップをかなぐり捨てても逃れられないとなれば、耐えられない心臓が多々あったのも頷ける。ともあれドードーは正しかったのだ。自転車を展開して四谷と思しい方向に走りだした。ドードーに会いたかった。

街の色彩がおとなしくなり、やがて、閑静で妙にだだっ広い感じのする住宅地に出た。マルチマップを使えないにも拘わらずこの辺だろうと見当がついたのは、景色がプランBの空き地に通じる湿った色合いを帯びていたからだ。外起夫はドードーとムックの名を呼びながら、ゆっくりと自転車を流していった。一軒の家の庭から、トキオ、と女の声がした。木製のフェンスの向こうからスプリンガースパニエルが顔を突き出し、懸命に尻尾を振っていた。ここが理沙の――。しかし隣家との間に覗き見えたのは、外起夫が苦心惨憺《さんたん》してモデリングしたのとはだいぶ違う風景だった。ドードーの記憶もいい加減なものだ。プランBのいったいどこが理沙の琴線《きんせん》に触れたのだろう？　分からない。子供の考えることは分からない。外起夫は自転車を降りた。犬を道路に抱え出そうとしてその身に触れ、感電したような錯覚をおぼえて手を離す。再び触れて、それは電流ではなく思考の奔流《ほんりゅう》だと知った。

「私はトキオが好きです。だってトキオは素敵な声をしています」

犬はそれまでに見たことがないほど昂奮していた。外起夫は唖然としてそれを見つめ、そのうち、いつか観察によって確認しようと考えていたことを思い出した。

「話ができるなら訊いておきたいんだけど、君の本質は犬なの？　それとも亡くなった学者？」

ムック！　ムック！　ムック！

「犬？」

ムック！

「学者？」

ムック！

「両方？」

今度は首を傾げた。どちらでもよくなってきた。抱え上げる。また思考の奔流が伝わってきた。

「トキオがいつも私を忘れずにいることを私は知っています。それはとても大切なことです。トキオのことを忘れがちな私をトキオが忘れずにいることを私が憶えておくのは難しいけれど大切なことです。トキオはいい匂いがします。それはトキオの匂いがいい匂いだからではなくていい匂いはトキオの匂いに決まっているからです。トキオの声が素敵なのはそれがトキオの声だからです」

「ありがとう」

犬を下ろして顔をあげると、庭にドードーが立っていた。「終わったよ」

外起夫は急に感極まって、喉を震わせた。「また話せるとは思ってなかった」

「私もだ」

「理沙に会えた？　お姉さんとは会えた？」

ドードーは小首をかしげ、しかし微笑まじりに、「でも、かつての私の一部とならば私は所詮、私でしかないらしい」

外起夫は笑って見せた。「そりゃそうだよ。それで充分じゃないか。死ぬときは誰しも独りだって、そうドードーが云ったんだよ」

「つらいことだね。そして可笑しい。なんと滑稽な人生だったことか。私は何者なんだろう」

「脳神経外科医の龍神好実。でも僕らにとっては頭のおかしなドードー」

ムックが離れて、路をすこし行き、そして戻ってきた。やがて音楽が聞こえてきた。路の向こうに馬車が見えた。蹄《ひづめ》の音だ。近づいてくる。

「迎えにきてくれた」

大きな、本当に大きな灰色の馬だった。馭者はテンガロン帽。馬に対してやけに小さく見える馬車から、誰かが手を振っている。

「行かなきゃ」ドードーは女の子みたいに嬉しそうに云い、外起夫に小さく手を振った。そしてまるで吸い込まれるように馬のほうへと駆けていった。Uターンして遠ざかっていく馬車を僕らは見送り、すっかり見えなくなってしまったあと、それがドードーとの終《つい》の別れだったと悟った。

第二次理沙パニックはそのようにして始まった。言葉として矛盾しているが、それは静かなパニックだった——エレクトロキャップもマップモニターも要らない、でも昨日までとさして変わらぬ世界。現象としては四十年前と変わらなかったにも拘わらず、すでに〈現実〉慣れしていた東京に事故は少なかった。そして半年もの時間をかけてすこしずつ、泡がはじけるように収束していった。その期間の長きがゆえに〈現実〉や不死の価値は暴落し、コグレクトロは立ち行かなくなった。これも泡のように消えた。

それまで見えていたもの聞こえていたもの触れられたものが消えていくというのは、じつに悲しいものだ。消えるまでに時間がかかるほど悲しい。最も無残な日々、とのちに称されたその半年間に、僕らはそれを思い知らされた。半年でそうも悲しいのだから、五十年だったら百倍も悲しい。

外起夫は自転車を押し、ムックがその向こうを歩んで、僕らはとぼとぼと、時間をかけて池袋まで帰っていった。途中、往路にはなかった田舎の景色が現れ、なかを歩んでいると醤油《しょうゆ》の匂いがしてきた。外起夫は気付いた。これは更生施設にいた頃の記憶だと。あの頃は衰弱しきっていた。遠からず死んでしまうと周囲も自分でも思っていた。今日は特別なことがあるよ、と職員の一人が云って、車椅子で外に連れ出してくれた。あの夏の日の記憶だ。施設は醤油の醸造所《じょうぞうしょ》に隣接していて、窓を開けると目が痛いほどの醤油の匂いがした。醸造所の長い漆喰塀《しっくいべい》の陰は尚更《なおさら》だ。日傘を差したとても綺麗な人がこっちに歩いてくるのが見えた。外起夫は思わず自転車を倒し、お母さん、と叫びながら駆けた。犬もついて来た。お母さん。お母さん。そのとても綺麗な人はびっくりしたように立ち止まり、こっちを見つめ返していた。肩で息をしている外起夫に微笑みながらこう云った。「いいえ、私は沼澤千夏と申します」

解説

特殊翻訳家 柳下毅一郎

バレエ・メカニック＝機械式バレエとは美術家フェルナン・レジェと作曲家ジョージ・アンタイルの共同プロジェクトである。一九二四年、レジェの作る映画にアンタイルが音楽を付ける構想ではじまったプロジェクトだったが、実際にはアンタイルはレジェの映画の倍近い長さの音楽を作ってしまった。音楽と映画は生き別れのまま、それぞれに公開された。ふたつの異なるメディアで、ひとつの新しい美学が追究されることになった。

アンタイルの音楽では「バレエ」を踊るのは機械楽器だった。アンタイルは十六台の自動ピアノ、三台の木琴、七個の電鈴、それに三機の飛行機プロペラからなるオーケストラを構想した。機械が歌い踊る、人間抜きのバレエ。それこそがマシーン・エイジの新しい美学であった。コンサートではプロペラは観客を吹き倒さんばかりの勢いで強烈に吹きつけた。一方、レジェは脚本こそが映画最大の罪だと考えた。脚本は映画を撮影された芝居に貶めてしまう。新時代の映画に脚本は不要だ。レジェの映画では幾何図形やさまざまなオブジェの映像が何度もくりかえされる。新しい現実、誰も気づいていなかった新しい世界を見せるために。

キュビスムの画家であったレジェは第一次世界大戦への従軍時に機械の機能美を発見したという。レジェはマシーン・エイジの新しい美学を考えた。鉄道と自動車による移動速度の変化は、我々の視覚に根本的な変化をもたらしたのではないだろうか？　現代人は十八世紀のアーティストの百倍もの視覚刺激を受けているはずだ。ならばそこから新しい美学が生まれなければならない。機械とプロペラの美学が。

津原泰水がレジェからタイトルを借りた本作は、絢爛豪華なシュルレアリスム小説としてはじまる。ある日、突然、東京の町がパニックに襲われる。ラジオからはモーツァルトの曲しか流れず、ハイテク機器が暴走しはじめ、交通機関は完全に麻痺してしまう。町は幻影の津波に襲われ、巨大な蜘蛛が悠々と闊歩する。

そんな狂った世界を天才造形家「君」と女装の外科医「龍神」の二人組が往く。電子機器が狂ってしまうので、二人は自動車ではなく巨馬ペルシュロンの引く馬車に乗っていかねばならない。国立から中央線をたどって都心まで、奇跡の海を威風堂々と進む二人の道行きはドン・キホーテとサンチョ・パンサの行軍のようにも見える。男たちは現実と幻想がないまぜになった美しい世界を進んでゆく。

現実の中に次々に起こる奇想天外な事件。脈絡のないこと、出鱈目なこと。それはしばしば「シュール」と称される。だが、シュルレアリスムとは決して現実ばなれした空想のことではない。それは現実の中に、現実以上に現実的な瞬間を見いだそうとする美的運動だった。我々はみな、日々目にしている日常こそが現実だと思っている。自分たちが制度的思考に縛られ、その目が日常に慣らされてしまっていることに気づいていない。だが、現実は我々が信じこまされているよりもはるかに驚きに満ち、豊かな世界なのだ。シュルレアリストはそうした瞬間、現実が現実から飛び出し、超現実的なるものが立ちあらわれる瞬間を探しもとめた。そうした「超現実」によって世界を作りかえることこそがシュルレアリスム運動の本当の目的だったのである。

その意味において、津原泰水は正しくシュルレアリストである。『バレエ・メカニック』はこの世界を見つめるもうひとつの視点を提供してくれる。華麗なる幻想は決してこの世ならぬ世界をつむぎだすためのものではないのだ。やがて造形家はこの幻想を創りだしているのが植物状態で寝ている自分の娘であることを知る。脳の新皮質が機能喪失し、脳幹だけが生きてただ生命を長らえていた娘が、なぜか幻想を送りだしているのだ。その幻想とは娘が見ている夢だ。死んでしまった新皮質のかわりを東京の街全体がつとめている。携帯電話をはじめとするさまざまな電子機器から発する電磁波が飛び交う大都市。その電磁波こそがシナプスとなり、脳として機能する。『バレエ・メカニック』は東京という都市が見る夢なのだ。

都市はひとつの生命である。二十世紀の都市小説はそんなふうに語ってきた。都市とそこにうごめく人々は目的と生命をもつひとつの生き物なのだ。生き物は夢を見る。人々の文化活動は都市の集合無意識の影響を受ける。かつてクラカウアーはワイマール共和国で作られた大衆娯楽映画の中にナチス・ドイツを準備する精神が読み取れることを示した。ナチスを産みだす絶望と憎悪は都市の無意識の中にたゆたっていた。都市の夢は世界のかたちを変える。ときには破滅的なまでに。

メタファーをガジェットに落とし込めることこそがSFの力である、とは大森望の主張だ。だが、ここではむしろ、メタファーとガジェットが同一のものをさししめし、表層だけですべてを語れるのがSFの力なのだと言いたい。だから『バレエ・メカニック』においても、都市の見る夢は文字通りの夢としてみなの前に立ちあらわれる。都市は脳のメタファーとして読まれるのではなく、少女の脳髄そのものとなる。マシーン・エイジの美学とは機械の見る夢なのだ。

レジェが夢見た新しい美学、未来派の夢はここに正しく表現される。シュルレアリスム小説として。そしてサイバーパンク小説として。

ウィリアム・ギブスンが『ニューロマンサー』で華麗に登場したとき、多くの人を驚かせたのはその世界観だった。それが特別だったのではない。むしろ、あまりに見慣れた世界だったから驚いたのだ。テクノロジーが驚異ではなく日常となり、誰もが利用し尽くすものとなった世界。新品ではなく中古の技術。それはすべて我々が知りつくしたものだった。サイバーパンクはSFを現代に引き戻した。それこそがサイバーパンクの最大の成果である。電脳空間の発見も、SFを現代化するひとつの要素に過ぎない。『バレエ・メカニック』では都市の電磁気網がシナプスとなり、少女の脳となる。機械と人間とがひとつにつながる。華麗に、ほとんど本格SFの香りなどさせず、幻想小説のように描かれる世界は、実はハードなSF設定に裏打ちされたものである。それは優れたサイバーパンクSFとして読まれるだろう。やがて来る第三部ではマッピングされた電脳空間に住むパンクスたちさえ登場する。ギブスン直系のサイバーパンク小説の貌をあらわにするのだ。

かつてJ・G・バラードはサルバドール・ダリをはじめとするシュルレアリスム画家たちに影響を受け、文章に書いたシュルレアリスム絵画として創作をはじめた。だが、やがてテクノロジカル・ランドスケープという概念にめざめ、滅びゆくテクノロジーの中で遊ぶ人々の姿を描くようになる。それはしばしばバラードの関心が変わったからだともされる。だが、実際にはバラードの興味は一貫している。サイバーパンクの父であるバラードはつねにSFを現代化しようとしていた。シュルレアリストたちが絵画を現代化しようとしたように。バラードはシュルレアリスムの源泉を求め、〈濃縮小説《コンデンスト・ノベル》〉と呼ばれた断片小説へ、そしてついには死せるテクノロジーにまといつく人間精神を描くようになった。その風景こそサイバーパンクが手にした世界である。現代SFの基盤はそこにある。

『バレエ・メカニック』は華麗なるシュルレアリスム小説としてはじまり、不遜なサイバーパンクSFとして終わる。それは奇想天外で、だがどこか懐かしい風景だ。それは我々の生きている世界、今この場所の姿でもある。現実と本当の意味で出会ったとき、世界は予想だにしなかった表情を見せる。津原泰水は見事にシュルレアリスム美学に内包された現実を掘り当ててみせたのだ。

本書は、二〇〇九年九月に早川書房より単行本として
刊行された作品を文庫化したものです。

著者略歴　1964年広島県生，青山学院大学卒，作家　著書『妖都』『蘆屋家の崩壊』『ペニス』『少年トレチア』『ルピナス探偵団の当惑』『綺譚集』『赤い竪琴』『ブラバン』『たまさか人形堂物語』『琉璃玉の耳輪』『11』他多数

HM=Hayakawa Mystery
SF=Science Fiction
JA=Japanese Author
NV=Novel
NF=Nonfiction
FT=Fantasy

バレエ・メカニック

〈JA1055〉

二〇一二年一月二十日　印刷
二〇一二年一月二十五日　発行
（定価はカバーに表示してあります）

著者　津《つ》原《はら》泰《やす》水《み》
発行者　早川浩
印刷者　西村正彦
発行所　株式会社　早川書房
郵便番号　一〇一 - 〇〇四六
東京都千代田区神田多町二ノ二
電話　〇三 - 三二五二 - 三一一一（大代表）
振替　〇〇一六〇 - 三 - 四七七九九
http://www.hayakawa-online.co.jp

乱丁・落丁本は小社制作部宛お送り下さい。
送料小社負担にてお取りかえいたします。

印刷・精文堂印刷株式会社　製本・株式会社フォーネット社

JASRAC 出1200062-201
ISBN978-4-15-031055-4 C0193

本書は活字が大きく読みやすい〈トールサイズ〉です。